Chantelle Shaw

Las huellas del pasado

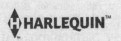

Editado por HARLEQUIN IBÉRICA, S.A.
Núñez de Balboa, 56
28001 Madrid

I.S.B.N.: 978-84-687-0356-5
Depósito legal: M-20619-2012
Editor responsable: Luis Pugni
Fotomecánica: M.T. Color & Diseño, S.L. Las Rozas (Madrid)
Impresión en Black print CPI (Barcelona)
Fecha impresion para Argentina: 11.2.13
Distribuidor exclusivo para España: LOGISTA
Distribuidor para México: CODIPLYRSA
Distribuidores para Argentina: interior, BERTRAN, S.A.C. Vélez
Sársfield, 1950. Cap. Fed./ Buenos Aires y Gran Buenos Aires,
VACCARO SÁNCHEZ y Cía, S.A.
Distribuidor para Chile: DISTRIBUIDORA ALFA, S.A.

Capítulo 1

LA NIEVE llevaba todo el día cayendo sobre Northumbria, enterrando los páramos bajo un grueso manto blanco y coronando los picos de las colinas Cheviot. Una imagen pintoresca, sin duda, pero no era nada divertido conducir por las carreteras resbaladizas, pensó Emma mientras aminoraba para tomar una curva cerrada. Además estaba oscureciendo, la temperatura había descendido en picado, y en la mayor parte de las carreteras comarcales, como aquella, no habían esparcido sal.

En el noreste de Inglaterra solía nevar en el invierno, pero era algo inusual a esas alturas del año, bien entrado el mes de marzo. Por suerte el viejo todoterreno que conducía, y que antes había hecho un buen trabajo a sus padres en su granja de Escocia, se manejaba bien en esas condiciones. Tal vez no fuera un vehículo con estilo, pero era práctico y robusto... que era el aspecto que tenía ella en ese momento, pensó contrayendo el rostro. El grueso anorak acolchado que llevaba sobre su uniforme de enfermera hacía que pareciese una pelota de playa, pero al menos la mantenía calentita, igual que las botas forradas de piel de borrego que calzaba.

Nunstead Hall estaba todavía a unos cinco kilómetros y aunque llegase al aislado caserón Emma temía quedarse atrapada allí por la nieve. Se planteó por un momento dar media vuelta, pero hacía dos días que no visitaba a Cordelia, y le preocupaba, pues la anciana vivía allí sola.

Frunció el ceño al pensar en aquella paciente. Aunque Cordelia Symmonds pasaba ya de los ochenta años, era un mujer dispuesta a defender su independencia con uñas y dientes. Sin embargo, seis meses atrás se había caído y se había roto la cadera, y hacía unos días había tenido un accidente en la cocina y se había hecho una quemadura bastante fea en la mano.

Estaba cada vez más frágil, y no era seguro para ella seguir viviendo sola en Nunstead, pero se negaba a mudarse a una casa más pequeña que estuviera más cerca del pueblo.

Era una lástima que su nieto no hiciese más por ayudarla; claro que vivía en el extranjero y parecía que siempre estaba demasiado ocupado como para ir a hacerle una visita. Cordelia hablaba de él con cariño y orgullo, pero la verdad era que su nieto, que era además su único pariente, la tenía prácticamente abandonada.

Aquello no estaba bien, pensó Emma indignada. El abandono de los ancianos era algo que la afligía enormemente, sobre todo después de un episodio reciente a principios de año, cuando había ido a visitar a un paciente de noventa años, el señor Jeffries, y lo había encontrado muerto en su silla de ruedas. La casa estaba helada, y su familia se había ido de vacaciones por Navidad y no había buscado a nadie que se pasase a verlo de vez en cuando en su ausencia. El pensamiento de aquel pobre muriendo allí solo aún la atormentaba.

Precisamente por eso no podía permitir que continuara igual la situación de Cordelia. ¿Debería intentar ponerse en contacto con su nieto y persuadirlo de que tenía que responsabilizarse de ella?, se preguntó.

Con la nevada que estaba cayendo en ese momento lo que tenía que hacer era concentrarse en la carretera, se dijo. Había sido un día largo y difícil, pensó cansada, pero cuando terminase con esa visita, que era la última, podría ir a recoger a Holly a la guardería y volverían a casa.

Se mordió el labio al recordar que su hija había empezado a toser otra vez esa mañana cuando la había dejado en la guardería. Había pasado una gripe bastante virulenta y el largo invierno no estaba ayudando a la pequeña a acabar de reponerse.

Estaba deseando que llegara la primavera. El calor del sol y poder volver a jugar en el jardín le haría mucho bien a Holly y pondría algo de color en sus pálidas mejillas.

Cuando tomó la siguiente curva Emma dio un grito al ver aparecer las luces de los faros de un coche a pocos metros delante del suyo. Frenó al instante y suspiró temblorosa al darse cuenta de que el otro coche estaba parado. Un análisis rápido de la escena le dijo que el coche debía haber resbalado por el hielo y girado como una peonza para acabar chocando con el muro de nieve que se había acumulado en el arcén de la carretera. De hecho, la parte trasera del vehículo se había empotrado en la nieve y estaba medio atascada en ella.

Parecía que solo había un ocupante en su interior, un hombre, que abrió la puerta en ese momento y se bajó. No daba la impresión de estar malherido.

Emma detuvo el todoterreno junto a él y se inclinó hacia la derecha para bajar la ventanilla.

–¿Está usted bien?

–Yo sí, aunque no puede decirse lo mismo de mi coche –respondió el hombre, lanzando una mirada al deportivo plateado medio enterrado por la nieve.

Su voz, con un timbre grave y un acento que Emma no acertó a distinguir, hizo que un cosquilleo le recorriera la espalda. Era una voz muy sensual, acariciadora, como chocolate derretido. Emma frunció el ceño al pillarse pensando esas cosas. ¿Qué hacía una persona sensata y práctica como ella dejando que esa clase de pensamientos cruzaran por su mente?

Como el hombre estaba de pie a un lado del deportivo, fuera del alcance de la luz de los faros, no podía distinguir bien sus facciones, pero sí se fijó en su excepcional estatura. Debía medir más de un metro ochenta. Era fuerte y ancho de espaldas, y aunque no podía verlo bien tenía un aire sofisticado que le hizo preguntarse qué estaría haciendo en aquel lugar tan remoto.

Hacía un buen rato que había dejado atrás el pueblo más cercano, y más adelante solo había kilómetros y kilómetros de desolado páramo. Bajó la vista a los pies del hombre, y al ver los zapatos de cuero que llevaba descartó de inmediato la idea de que hubiera ido a allí a hacer senderismo. Con ese calzado debía tener los pies helados.

El hombre se puso a dar pisotones para entrar en calor y se sacó un móvil del bolsillo.

—Sin cobertura —masculló—. No me cabe en la cabeza por qué querría vivir nadie en un lugar como este, olvidado de la mano de Dios.

—Northumbria tiene fama por sus parajes vírgenes —se sintió obligada a apuntar Emma, algo irritada por su tono despectivo.

Si pretendía atravesar los páramos en medio de una tormenta de nieve debería haber tenido el buen juicio de haberse llevado una pala y otras cosas que pudiera necesitar en una emergencia como aquella.

Además, tal vez fuera una opinión personal, pero a ella le encantaban los paisajes de Northumbria. Cuando Jack y ella se casaron, habían alquilado un apartamento en Newcastle, y no solo no le había gustado la experiencia de vivir en una ciudad bulliciosa, sino que además había echado en falta lo agreste de los páramos.

—Y hay algunas rutas de senderismo bien bonitas en

el Parque Nacional –añadió–. Aunque en el invierno el paisaje es bastante desangelado –admitió. Al notar que el hombre se estaba impacientando, le dijo–: Me temo que mi teléfono tampoco tiene cobertura en esta zona. Muy pocos operadores la tienen. Tendrá que llegar al pueblo para pedir ayuda, pero dudo que manden una grúa a remolcar su coche antes de mañana –vaciló un instante, algo reacia a ofrecerse a llevar a un desconocido, pero su conciencia le dijo que no podía dejarlo allí tirado–. Tengo que hacer una última visita y luego volveré a Little Copton. ¿Quiere acompañarme?

Rocco se dio cuenta de que no le quedaba otra opción más que aceptar el ofrecimiento de aquella mujer. Las ruedas traseras de su coche estaban hundidas en casi un metro de nieve, y aunque intentara sacarlo del arcén las ruedas delanteras no harían sino resbalar en el hielo.

Lo único que podía hacer era encontrar un hotel donde pasar la noche y hacer que fueran a recoger su coche por la mañana.

Miró a la mujer al volante del todoterreno y dedujo que debía ser de una de las granjas de la zona. Quizá hubiese salido a ver cómo estaba el ganado; no se le ocurría otra razón por la que nadie en su sano juicio atravesase aquel paraje solitario con la nevada que estaba cayendo.

Asintió con la cabeza y fue a sacar su bolsa de viaje del asiento de atrás.

–Gracias –murmuró al subirse al todoterreno.

Se apresuró a cerrar y de inmediato lo envolvió el aire caliente de la calefacción. La mujer llevaba un gorro de lana calado sobre la frente y una gruesa bufanda le cubría la barbilla, así que no pudo hacerse una idea de la edad que tendría.

–Ha sido una suerte que pasara usted por aquí.

De lo contrario habría tenido que caminar varios kilómetros bajo la nieve. Y también tenía suerte de que no hubiera resultado herido al chocar.

Emma soltó el freno de mano y arrancó de nuevo con cuidado, apretando el volante con las manos. Pasó a segunda, y se puso tensa cuando su mano rozó el muslo del hombre. Con él dentro del vehículo era aún más consciente de lo grande que era aquel tipo. De hecho, al lanzarle una mirada rápida se fijó en que la cabeza casi tocaba el techo. Sin embargo, como llevaba subido el cuello del abrigo, podía ver poco más de él que su cabello negro.

–¿A qué se refería cuando ha dicho que tenía que hacer una última visita? –le preguntó–. La noche no está como para cumplir con compromisos sociales –observó mirando la carretera, sobre la que seguía cayendo la nieve, iluminada por los faros del coche.

Había sido un golpe de suerte que aquella mujer fuese en la dirección a la que él se dirigía antes del accidente que había sufrido, pensó Rocco, aunque lo intrigaba dónde iría ella. Que él supiera por allí solo se llegaba a una casa, que era donde él iba; más allá únicamente se extendía el páramo.

Aquel cosquilleo volvió a recorrer la espalda de Emma al oír la voz acariciadora y sensual del extraño con ese peculiar acento. Decididamente no era francés, se dijo; tal vez fuera español, o italiano. Sentía curiosidad por saber qué lo había llevado hasta allí, de dónde vendría, y a dónde se dirigiría. Sin embargo, por educación, no se atrevía a preguntarle.

–Soy enfermera –le explicó–, y una de mis pacientes vive aquí cerca.

Notó que el extraño se tensaba de repente. Giró la cabeza hacia ella, como si fuese a decir algo, pero justo en ese momento surgió de la oscuridad un arco de piedra.

–Hemos llegado: Nunstead Hall –dijo Emma, aliviada de haber llegado de una pieza–. Es una propiedad enorme, ¿verdad? –comentó cuando hubieron pasado por debajo del arco–. Incluso hay un pequeño lago artificial.

Alzó la vista hacia el imponente y viejo caserón que se alzaba a lo lejos, frente a ellos, completamente a oscuras salvo por una ventana iluminada, y luego miró al extraño, preguntándose por qué la hacía sentirse incómoda. Tenía el ceño fruncido, y estaba visiblemente tenso.

–¿Su paciente vive aquí?

No podía verle bien los ojos, pero su mirada penetrante estaba poniéndola nerviosa.

–Sí. Creo que podrá llamar desde aquí y pedir que vengan a recoger su coche –le dijo, dando por hecho que era eso lo que lo preocupaba–. Tengo una llave de la casa, pero creo que será mejor que se quede aquí mientras le pregunto a la señora Symmonds si le importa que use el teléfono.

Se volvió para tomar su bolsa del asiento de atrás, y de pronto oyó abrirse la puerta y notó que una ráfaga de aire frío entraba en el coche.

–¡Eh! –gritó girándose.

Pero la puerta ya se había cerrado, y vio con irritación que el extraño, que había hecho oídos sordos y se había bajado del todoterreno, se dirigía hacia la casa.

Se bajó a toda prisa y corrió tras él.

–¿Es que no me ha oído? Le he dicho que se quedara en el coche. Mi paciente es una mujer anciana y podría asustarse al ver a un extraño a la puerta de su casa.

–Espero no resultar tan aterrador a la vista –respondió él, entre divertido y arrogante. Se paró frente a la entrada y se sacudió la nieve de los hombros–. Aunque como no se dé prisa en abrir la puerta voy a parecer el Yeti.

–No tiene gracia –lo increpó Emma al llegar junto a él.

Un gemido ahogado escapó de sus labios cuando el hombre le quitó la llave de la mano y la metió en la cerradura. Su enfado se tornó en inquietud. No sabía nada de aquel hombre; podía ser un preso fugado o un lunático.

–Insisto en que vuelva al coche –le dijo con firmeza–. No puede entrar en la casa como si fuera el dueño del lugar.

–Pero es que soy el dueño –le informó él sin pestañear, empujando la puerta.

Durante unos segundos Emma se quedó mirándolo boquiabierta, patidifusa, pero cuando lo vio cruzar el umbral la indignación la sacó de su estupor.

–¿Qué quiere decir? ¿Quién es usted?

En ese momento se abrió una puerta a unos metros del vestíbulo y por ella salió la señora Symmonds, su paciente. Preocupada por que la anciana de cabellos plateados pudiese asustarse ante la presencia de aquel extraño en su casa, se apresuró a explicarle:

–Cordelia, no sabe cuánto lo siento; este caballero se ha quedado atrapado en la nieve y...

La anciana, sin embargo, no parecía estar escuchándola. Había alzado los ojos hacia el extraño, y una sonrisa se extendió por su arrugado rostro.

–¡Rocco, cariño! ¿Cómo es que no me has dicho que venías?

–Quería darte una sorpresa –de pronto la voz del hombre se había vuelto tremendamente cálida–. He tenido un contratiempo porque mi coche patinó con el hielo de la carretera, pero por suerte esta señorita –añadió con una mirada sardónica a Emma –se ofreció a llevarme.

Cordelia no pareció advertir la confusión de Emma.

–Emma, querida, qué buena eres. Gracias por rescatar a mi nieto.

¿Nieto? Emma se volvió bruscamente hacia el extraño. Bajo la luz del vestíbulo podía ver sus facciones con claridad, y fue entonces cuando lo reconoció. En las revistas del corazón con frecuencia aparecían fotos suyas que ilustraban artículos acerca de su agitada vida amorosa. Rocco D'Angelo era el director de Eleganza, una famosa compañía italiana fabricante de coches deportivos, y también un playboy multimillonario del que se decía que era uno de los solteros más cotizados de Europa. Y además era nieto de Cordelia.

–Vamos, pasad los dos –dijo Cordelia dándoles la espalda para dirigirse al salón.

Emma iba a seguirla, pero Rocco D'Angelo se interpuso en su camino.

–Querría tener unas palabras a solas con usted... solo será un momento –le dijo bajando la voz–. ¿Qué se supone que ha venido a hacer aquí? Mi abuela está perfectamente. ¿Por qué necesita que la visite una enfermera?

Su tono altivo hizo a Emma pensar en el pobre señor Jeffries, que había muerto solo. Sin duda creía que no tenía nada que reprocharse.

–Si se tomara algún interés por su abuela, sabría por qué estoy aquí –le respondió con aspereza. Sintió una satisfacción perversa al verlo entornar los ojos–. No sé si sabrá que hace unos meses se cayó y se rompió la cadera. Aún está recuperándose de la operación.

–Por supuesto que lo sé –a Rocco le irritaba la actitud beligerante de la enfermera, y la crítica implícita en su tono–. Y según tengo entendido, se está recuperando bien –añadió con voz gélida.

–Tiene más de ochenta años, y no debería vivir sola en este lugar tan remoto. Como demuestra el accidente que tuvo hace poco por el que se quemó la mano. Es una lás-

tima que esté demasiado ocupado con su vida para preocuparse de su abuela. Y ahora si no le importa –dijo em-
pujándolo a un lado–, tengo que ver a mi paciente.

El salón parecía un horno; al menos Cordelia no es-
catimaba en gastos a la hora de calentar la casa, pensó
Emma mientras observaba a Rocco, que había entrado
detrás de ella, quitarse el abrigo.

Era como si aquel hombre ejerciese sobre ella una
fuerza magnética que le impidiese apartar la vista. Era
guapísimo. Los vaqueros negros y el fino suéter de lana
que llevaba se amoldaban como una segunda piel a su
cuerpo esbelto y musculoso.

Llevaba el cabello, negro como el azabache, peinado
hacia atrás, lo que resaltaba la perfecta simetría de sus
rasgos esculpidos. Cuando los ojos de él se posaron en
ella se dio cuenta, azorada, de que la había pillado mirándolo, y se le subieron los colores a la cara. Aquellos
inusuales ojos ambarinos recorrieron brevemente su figura antes de mirar a otra parte. Era evidente que no la
consideraba merecedora de una segunda mirada.

Aunque, ¿por qué debería? No se parecía en nada a Juliette Pascal, la delgada y deslumbrante modelo francesa
de la que se decía que era su actual amante. Hacía mucho
tiempo que Emma se había hecho a la idea de que por más
dietas que hiciese nunca tendría tanto estilo como esa
clase de mujeres, y no pudo evitar sentirse incómoda en
ese momento, pensando que el anorak acolchado que llevaba seguramente la hacía parecer un luchador de sumo.

Rocco estaba que echaba chispas. La gratitud que
había sentido hacia aquella mujer por rescatarlo se había desvanecido cuando le había hecho saber que consideraba que no se ocupaba debidamente de su abuela.
No sabía nada de su relación con ella y no tenía derecho
a juzgarlo, pensó furioso.

Adoraba a su *nonna*, y no podía ser más ridículo que

lo acusara de estar demasiado ocupado con su vida como para prestarle la atención que merecía. Por muy ocupado que estuviese, siempre la llamaba una vez por semana. Aunque sí era cierto que hacía ya una temporada que no había podido ir a verla, desde su breve visita en navidades, y de eso hacía ya casi tres meses, pensó con una punzada de culpabilidad.

Sin embargo, su abuela no vivía sola; en eso se equivocaba aquella mujer. Antes de regresar a Italia había contratado a una asistenta para que se ocupase de las tareas de la casa y de cuidar a su abuela.

Miró con fastidio a Emma, cuyo rostro estaba aún medio oculto por la gruesa bufanda. ¿Y qué decir del gorro de lana? Nunca había visto a una mujer con un gorro tan feo, y como le quedaba grande se le caía hacia delante, y en ese momento le cubría hasta las cejas.

—Cordelia, ¿por qué tienes nieve en las zapatillas? —le preguntó de repente Emma a su abuela—. ¿No me digas que has salido al jardín? Hace un frío espantoso, y podrías haberte resbalado.

—Solo he andado unos pasos —respondió la anciana—. Thomas ha desaparecido y no lo encuentro por ninguna parte —añadió con expresión preocupada.

—No te preocupes, iré a buscarlo y también prepararé un poco de té. Tú siéntate junto al fuego —le dijo Emma con firmeza.

Fue a la cocina, llenó la hervidora de agua, y abrió la puerta por la que se salía al jardín. Este estaba cubierto por un inmaculado manto de nieve e iluminado por la luz de la luna. Apretó los labios al ver las huellas de Cordelia en el césped. Gracias a Dios que no se había caído. Estando como estaban a varios grados bajo cero le habría entrado hipotermia.

Unos ojos verdes que brillaban en la oscuridad llamaron su atención.

–¡Thomas! Anda, ven aquí, pequeño diablillo.

Una bola peluda anaranjada pasó corriendo a su lado, pero consiguió atraparla. Sin embargo, cuando le clavó las uñas deseó no haberse quitado los guantes.

–Si tu ama se hubiese caído la culpa habría sido tuya –reprendió al animal.

Rocco D'Angelo estaba en la cocina cuando volvió a entrar. Aunque la estancia no era pequeña ni mucho menos, de repente parecía que hubiese encogido, con él paseándose arriba y abajo como una pantera negra. Hasta su nombre era sexy, pensó Emma irritada consigo misma por cómo se le aceleró el pulso cuando él rodeó la mesa y se detuvo frente a ella.

–¿Quién es Thomas? –exigió saber Rocco–. ¿Y por qué va a preparar té? Eso puede hacerlo...

–Este es Thomas –lo interrumpió ella dejando al gato en el suelo–. Apareció por aquí hace un par de semanas, y su abuela lo adoptó. Suponemos que sus dueños debieron abandonarlo, y que por eso vino aquí en busca de refugio cuando empezó el mal tiempo. Está medio asilvestrado, y normalmente no se acerca más que a su abuela –añadió mirándose los arañazos. Observó con fastidio que el animal se estaba frotando contra las piernas de Rocco y ronroneando–. Pero volviendo a su abuela, no sé cómo ha permitido que su abuela haya permanecido aquí cuando no hay nadie para ayudarla con la compra y con la cocina o simplemente preocupándose por ella. Estoy segura de que tiene una vida muy ajetreada, pero...

–La última vez que vine contraté a una asistenta, la señora Stewart, para que cuidara de la casa y de mi abuela –la interrumpió Rocco.

Desde el principio había saltado a la vista que estaba deseando soltarle un sermón, pero él no estaba de humor para escuchar. Era más que consciente de sus defectos. Como siempre, el volver a Nunstead Hall le había hecho pensar en Giovanni. Hacía ya veinte años que su hermano pequeño había muerto ahogado en el lago, pero el tiempo no había borrado de su memoria el recuerdo de los desgarradores gritos de su madre, ni cómo lo había acusado de ello. «Te dije que cuidaras de él. Eres un irresponsable, igual que tu maldito padre».

La imagen del cuerpo sin vida de su hermano seguía atormentándolo. Gio solo tenía siete años, y él en cambio quince; lo bastante mayor como para cuidar de su hermano unas pocas horas, lo había increpado su madre entre sollozos. Debería haberlo salvado.

Apretó la mandíbula. A los remordimientos por la muerte de Gio se había unido hacía poco el sentimiento de culpa por cómo sus actos habían tenido terribles consecuencias una vez más, aunque por fortuna no se había producido otra muerte. Pero casi, añadió para sus adentros. Hacía un año Rosalinda casi había perdido la vida por una sobredosis de somníferos después de que le dijera que lo suyo había terminado. Por suerte una amiga lo había descubierto a tiempo y había llamado a una ambulancia. Rosalinda había sobrevivido, pero había admitido que había intentado suicidarse porque no podía seguir viviendo sin él.

«Siempre quise más que un idilio, Rocco», le había dicho cuando había ido a verla al hospital. «Fingía que era feliz, pero siempre tuve la esperanza de que te enamoraras de mí».

Para su sorpresa, los padres de Rosalinda, los Barinelli, se habían mostrado comprensivos cuando les había dicho que ignoraba que su hija estuviese tan enamorada de él, y que él nunca le había hecho promesa alguna de matrimonio. Los Barinelli le habían explicado que su hija se había obsesionado de la misma manera con un anterior novio, y que siempre había sido emocionalmente frágil, por lo que no lo culpaban de su intento de suicidio. Sin embargo, a pesar de sus palabras, él sí se sentía culpable.

En ese momento, mientras miraba a la enfermera, también sintió remordimientos. Tal vez tuviera razón al preocuparse por su abuela. No comprendía por qué no estaba allí la señora Stewart, pero estaba decidido a averiguarlo.

Capítulo 2

EMMA puso en marcha la hervidora, y mientras se estaba quitando la bufanda vio que había entrado nieve del jardín, así que se sacó las botas antes de bajarse la cremallera del anorak.

–Desde que conozco a su abuela no ha habido ninguna asistenta en esta casa. Ninguna de las veces que he venido he visto a esa señora Stewart, ni me la ha mencionado su abuela. ¿Cuándo dice que la contrató? –le preguntó a Rocco.

Él apretó la mandíbula, molesto por el escepticismo que destilaba la voz de Emma. Le enfurecía que no lo creyera. No estaba acostumbrado a que se cuestionasen sus palabras o sus actos.

–Justo antes de Navidad. Como estaba muy frágil después de la operación de cadera quise llevarla conmigo a Italia, pero se negó en redondo, y eso era un problema, porque soy el director de una compañía y mi trabajo me deja poco tiempo libre.

Los últimos cuatro meses habían sido frenéticos. La muerte de su padre había sido un golpe muy duro para él, y a la carga de trabajo se le había unido todos los trámites que había tenido que hacer para poner en orden los asuntos de su padre, que había dejado una auténtica maraña legal tras de sí.

Se quedó mirando a la enfermera a través de la nube de vapor que la envolvía mientras vertía el agua de la hervidora en una tetera.

–Por eso llamé a una empresa de trabajo temporal y enviaron a esa mujer, la señora Stewart –añadió.

Emma se quedó callada un momento. Si eso había sido antes de Navidad...

–Su abuela no pasó a ser paciente mía hasta finales de enero –dijo lentamente, empezando a darse cuenta de que quizá se estuviese equivocando–. Antes la visitaba otra compañera, y cuando reorganizamos nuestros turnos y me la asignaron como paciente me preocupé al ver lo lejos que vivía del pueblo. Al principio solo venía una vez por semana, pero desde que se quemó la mano he estado viniendo a verla cada dos días –le explicó–. La asistenta debió marcharse por alguna razón antes de que yo empezara a venir –aventuró.

–Pues le aseguro que pienso averiguar por qué –dijo Rocco.

Sin embargo, de pronto aquello ya no le parecía tan urgente. No desde el momento en que Emma se había sacado las botas, dejando al descubierto un par de piernas bien torneadas y enfundadas en unas medias negras. Y luego, cuando se había quitado la bufanda, lo había sorprendido ver que era más joven de lo que había pensado en un principio. Tenía una piel cremosa y unos labios carnosos.

En ese momento se quitó el gorro y sacudió la cabeza, agitando una media melena de un rubio rojizo que brillaba como la seda bajo la lámpara de la cocina. Más que bonita era atractiva. Había inteligencia en sus ojos, grises como nubes de lluvia, y su barbilla transmitía firmeza.

Finalmente se quitó el anorak, y su cuerpo resultó una sorpresa aún más placentera, pensó mientras sus ojos se deslizaban por su uniforme de enfermera, deteniéndose en la fina cintura, la suave curva de las caderas, y la redondez de sus pechos.

Así era como debía ser una mujer, se dijo deleitándose con su curvilínea figura. Estaba cansado de modelos escuálidas, por más glamour que tuvieran. Le recordaba a una pintura del Renacimiento de Adán y Eva en el *Jardín del Edén*. Como Eva, las suaves curvas de Emma eran sensuales y tentadoras. Se preguntó qué aspecto tendría desnuda, y se imaginó cerrando sus manos sobre aquellos deliciosos pechos que parecían melocotones maduros.

La punzada de deseo que notó en la entrepierna fue tan inesperada como desconcertante. Aquella mujer no era su tipo, se recordó. La encontraba atractiva, sí, pero su personalidad enérgica y estricta le recordaba a la directora del internado inglés al que lo habían enviado a la edad de seis años, y su predisposición a sacar conclusiones precipitadas lo irritaba profundamente.

La voz de la enfermera lo sacó de sus pensamientos.

–Aun así creo que debería haber hecho tiempo para venir a visitar a su abuela –dijo en el mismo tono desaprobador–. Si lo hubiera hecho se habría dado cuenta de que la asistenta no estaba aquí. Entiendo que sea un hombre muy ocupado, señor D'Angelo, pero sé de buena tinta que no está siempre trabajando. Su abuela guarda recortes de periódicos y revistas sobre usted, y la semana pasada me enseñó uno con una foto en la que se le veía en las pistas de esquí de Val-d'Isère, en Francia –abrió un armarito y sacó tres tazas de porcelana con sus platillos antes de volverse hacia Rocco–. En mi opinión...

–No me interesa su opinión –la cortó él–. Y mucho menos en lo que se refiere a mi vida privada.

Rocco apretó los labios, intentando controlar su enfado. Se preguntaba qué pensaría aquella entrometida doña perfecta si le dijera que el motivo de aquel viaje a Francia había sido intentar ayudar a Marco, el hijo ilegítimo de su padre, un hermanastro cuya existencia había ignorado hasta poco antes de su muerte.

—Mi vida privada no es asunto suyo.

—Cierto —concedió Emma—, pero la salud de su abuela sí lo es. Me preocupa su seguridad, y tengo la impresión de que no está comiendo bien. Si las cosas siguen así tendré que dar parte a los servicios sociales.

Por el peligroso brillo que relumbró en los ojos de Rocco supo que lo había enfadado de nuevo al hablarle sin pelos en la lengua. No era la primera vez que le había ocurrido; la gente solía ponerse a la defensiva cuando se les recordaba sus responsabilidades con un pariente enfermo. Pues peor para él, se dijo, alzando la barbilla para responder a su mirada intimidante. Se había encariñado de Cordelia, y le espantaba imaginar que pudiese caerse y quedarse tirada en el suelo porque no tenía a nadie que pudiera auxiliarla. Igual que le había pasado al señor Jeffries.

—Su abuela necesita ayuda —le dijo con fiereza—. Es inaceptable que la abandone a su suerte mientras usted se dedica a trotar por el mundo... ya sea por negocios o por placer.

En la fotografía tomada en Val-d'Isère aparecía con una atractiva rubia, que sin duda habría hecho con él algo más que esquiar.

A Rocco se le agotó la paciencia y soltó una palabrota entre dientes.

—Dirijo una multinacional valorada en mil millones de dólares, no me dedico a trotar por el mundo, y no he abandonado a su suerte a mi abuela —inspiró profundamente para calmarse un poco antes de continuar. Aquella mujer era enfermera, se recordó, y su misión era asegurarse de que sus pacientes estuviesen debidamente atendidos—. Agradezco su preocupación, pero soy perfectamente capaz de cuidar de mi abuela.

–¿Ah, sí? –Emma enarcó las cejas con incredulidad–. Pues desde luego no se puede decir que salte a la vista. Su abuela lleva semanas teniendo que ocuparse de todo ella sola, y el accidente que sufrió en la cocina fue muy serio. No basta con que se presente aquí de Pascuas a Ramos sin avisar. Lo que su abuela necesita es que viva con ella aquí, en Nunstead Hall.

–Por desgracia eso es imposible; mi trabajo está en Italia.

–Bueno, pues algo hay que hacer –le dijo ella.

Al ir a levantar la bandeja del té, él alargó las manos para hacer lo mismo, y una ráfaga de calor la sacudió cuando sus dedos se tocaron. Sorprendida por el inesperado contacto y por su reacción, apartó las manos como si se hubiera quemado.

Justo en ese momento se abrió la puerta de la cocina y entró Cordelia, que no pareció reparar en las mejillas sonrosadas de Emma, ni en lo deprisa que se había apartado de su nieto.

–Ya me estaba preguntando qué habría pasado con el té –les dijo con una sonrisa.

–Íbamos a llevarlo ahora mismo al salón –le respondió Rocco tomando la bandeja.

Por suerte su voz no pareció delatar que hacía un segundo se había quedado hipnotizado por aquella criatura de cabello rubio rojizo y por el olor de su perfume, una delicada fragancia con olor a cítrico, un aroma sutil que nada tenía que ver con los caros y empalagosos perfumes que usaban las mujeres con las que acostumbraba a salir.

En un intento por apartar esos pensamientos de su mente, miró a su abuela con severidad, y le preguntó:

–*Nonna*, ¿dónde está la asistenta que contraté para que viviera aquí contigo?

–Oh, la despedí hace meses, cuando la descubrí quitándome dinero del monedero –respondió su abuela–. ¡Qué mujer más horrible! Estoy segura de que estuvo sisando cosas desde el momento en que llegó. Desde que se marchó me he dado cuenta de que faltan varias piezas de la cubertería de plata.

Rocco suspiró con pesadez.

–¿Y por qué no me lo dijiste? Sabías que no quería que estuvieses sola después de la caída que tuviste el año pasado.

A pesar de la exasperación que le causaba la terquedad de su abuela, Rocco sintió una satisfacción perversa al ver la expresión culpable en el rostro de Emma. Ahora que sabía que no había abandonado a su suerte a su abuela tal vez se lo pensase un poquito antes de juzgar a los demás tan a la ligera. Claro que, por otro lado, apuntó su conciencia, tenía razón en que no debería haber dejado pasar tres meses sin visitar a su abuela.

–No quería preocuparte –le explicó su abuela–. Bastante tienes ya con tu trabajo. Y perder a tu padre ha debido ser muy duro para ti –exhaló un suspiro–. Me cuesta hacerme a la idea de que mi yerno haya muerto. ¡Si no había cumplido siquiera los sesenta y cinco! Y acababa de terminar el rodaje de otra película cuando le diagnosticaron el cáncer, ¿no?

Rocco asintió.

–Por lo menos no sufrió mucho tiempo. No lo habría soportado –dijo.

No, su padre no había sido muy buen enfermo, recordó. Enrico D'Angelo había sido uno de los actores más famosos de Italia. Acostumbrado a ser objeto de admiración, y constantemente tratado como una estrella, había esperado que su hijo, al que tan poco tiempo le había dedicado durante su infancia, se pasase las veinticuatro horas junto a su lecho.

No se había podido hacer mucho por él, salvo administrarle calmantes para el dolor e intentar que estuviera lo más cómodo posible. Rocco se había sentido impotente, igual que cuando no había podido salvar la vida de su hermano, ni evitar el fatal accidente en el que su madre había perdido la vida años atrás.

Consciente de que su abuela estaba intentando distraerlo para cambiar de tema, le dijo:

–*Nonna*, debiste contarme lo de la asistenta. Estos tres meses he creído que seguía aquí, cuidando de la casa y de ti.

–No necesito que cuiden de mí –replicó la anciana obstinadamente–; ya deberías saberlo. Y antes de que empieces otra vez a insistirme –añadió mirando fijamente a su nieto–, no pienso irme de aquí. Nací aquí y pienso morir aquí.

Emma se sintió mal. Le debía una disculpa a Rocco. No había mentido con lo de la asistenta, y si no había ido antes a ver a su abuela había sido porque a su padre le habían diagnosticado una enfermedad terminal.

–¿Por qué no volvemos al salón? –le sugirió a Cordelia–. Quiero echarle un vistazo a tu mano.

En el pasillo sus ojos se posaron en un retrato de la hija de Cordelia que colgaba de la pared. Flora Symmonds, una actriz tan famosa como su marido y que había muerto muy joven, en la cúspide de su carrera, había sido una mujer bellísima.

–Mi querida *mamma* –dijo Rocco, que se había parado a su lado con la bandeja en las manos–: guapa, con talento... pero por desgracia un desastre como madre –añadió con aspereza.

Emma lo miró sorprendida.

–¿No lo dirá en serio?

Por suerte Cordelia ya estaba entrando en el salón, así que seguramente no lo habría oído.

–Es la verdad –Rocco apretó la mandíbula mientras

miraba el retrato–. Tanto mi padre como ella eran unos egoístas que solo se preocupaban de sí mismos. Nunca debieron tener hijos, y se dieron cuenta muy pronto del error que habían cometido, porque nos mandaron a un internado en cuanto tuvimos la edad suficiente.

–¿Nos? –repitió ella parpadeando. Cordelia le había dicho que Rocco era el único nieto que tenía.

Rocco se quedó callado tanto rato que Emma pensó que no iba a contestar, pero entonces dijo en un tono quedo:

–Mi hermano pequeño y yo estudiamos en un internado aquí en Inglaterra. Mi abuela me dio más cariño que mis dos padres juntos. Pasé muchas vacaciones aquí, en Nunstead Hall, cuando ellos estaban fuera, rodando alguna película –giró la cabeza hacia Emma y le dijo con una sonrisa divertida–: Es verdad que el Parque Nacional tiene algunas rutas de senderismo estupendas. De chiquillo pasé mucho tiempo explorando los páramos.

Emma se sintió enrojecer ante aquella referencia a la conversación que habían tenido en el coche.

–Pensaba que no conocía la zona –explicó poniéndose a la defensiva–. Podría haberme dicho quién era.

Él se encogió de hombros.

–No sabía que venía a ver a mi abuela y no vi motivo alguno para presentarme. Pero ahora veo que su preocupación por ella era justificada –añadió con sinceridad–; si hubiera sabido que había despedido a la asistenta y que estaba sola habría venido de inmediato para solucionarlo.

–Siento lo de su padre –le dijo Emma–. Hasta que su abuela lo mencionó no se me ocurrió que pudiese ser hijo de Enrico D'Angelo. Era un gran actor. Me sorprendió leer la noticia de su muerte en los periódicos.

Aunque no parecía que hubiese estado muy unido a

sus padres, sin duda debía haber sentido la pérdida de ambos. Además, si tenía como le calculaba unos treinta y tantos, debía haber sido poco más que un adolescente cuando murió su madre. El coche que conducía se había despeñado por un acantilado de la costa francesa porque había tomado una curva a demasiada velocidad.

Los periódicos del mundo entero se habían hecho eco de aquel accidente. Flora Symmonds y Enrico D'Angelo habían sido famosos no solo por su talento como actores, sino también por su tempestuoso matrimonio, las numerosas infidelidades que lo habían salpicado, y también por el amargo divorcio en que había terminado. No le extrañaba que de niño Rocco hubiera preferido pasar las vacaciones con su abuela, allí en Nunstead Hall.

–Gracias –respondió él–. Será mejor que pasemos al salón antes de que el té se enfríe –murmuró.

Momentos después estaban sentados en el salón. Cuando Emma le quitó a Cordelia el vendaje de la mano para cambiárselo, Rocco contrajo el rostro al ver la quemadura de su abuela.

–Eso tiene mal aspecto –dijo–. ¿Cómo te quemaste, *nonna*?

–De la manera más tonta –contestó su abuela sacudiendo la cabeza–. Me había calentado un poco de sopa para comer, y no sé cómo me la eché encima cuando la estaba pasando a un cuenco. Ese cazo con la base de cobre que tengo es demasiado pesado. Compraré otro la próxima vez que vaya a Morpeth.

–¿Y cómo te las has apañado para ir hasta allí, o a Little Copton siquiera, desde que despediste a la señora Stewart? –le preguntó Rocco frunciendo el ceño.

–No he podido ir a ningún sitio desde que el doctor Hanley me dijo que he perdido demasiada vista como para poder conducir –respondió su abuela–, aunque yo estoy segura de que se equivoca –añadió indignada–.

Veía perfectamente; conduje ambulancias en Londres durante los bombardeos de la guerra.

–Lo sé, *nonna*, me lo has contado muchas veces; fuiste muy valiente –murmuró Rocco con cariño.

Sin embargo, volvía a sentirse culpable por no haberla visitado antes, por lo que le hubiera podido ocurrir. Pero no había querido dejar a su padre, a quien le quedaba poco tiempo de vida, y después había estado ocupado poniendo en orden sus asuntos y buscando a su amante, la madre de su hermanastro.

–He tenido mucha suerte con la enfermera tan encantadora que me han asignado –continuó su abuela–. Ha sido Emma quien ha estado haciéndome la compra. Yo no necesito mucho: leche, pan, y poco más, pero tengo que dar de comer a Thomas; no puede pasar sin sus tres comidas al día.

–Es el gato mejor alimentado de toda Northumbria –comentó Emma con sorna–. Tú también deberías hacer tus tres comidas al día, Cordelia.

Había un afecto sincero en su voz, y la sonrisa que le dedicó a su abuela era notablemente más cálida que las miradas gélidas que le dirigía a él. Aunque detestaba admitirlo, esa máscara de aparente frialdad hacía que le picara la curiosidad. No era ese el efecto que solía tener en las mujeres.

Siempre resultaba demasiado fácil; nunca había conocido a una mujer que representase un reto para él. Volvió a mirar a Emma, se quedó un instante mirando sus labios, y de pronto se imaginó tomándolos con los suyos y explorando hasta el último rincón de su boca con la lengua. Emma, que seguía sentada en el sofá curándole la mano a su abuela, alzó la vista en ese momento, y a Rocco lo sorprendió notar que una ola de calor afloraba a su rostro.

¡*Dio!*, la última vez que se había sentido azorado por

algo había sido a sus catorce años, un día que el director del internado lo había pillado mirando una revista con fotos de mujeres ligeras de ropa. Maldiciendo para sus adentros se levantó, y fue hasta la ventana para mirar fuera mientras intentaba controlar su libido.

Emma terminó de vendar de nuevo la mano de Cordelia.

–La quemadura se va curando bien, pero aún hay riesgo de infección, así que tendrás que llevar la venda unos cuantos días más. Vendré a verte otra vez el lunes para cambiártela –le dijo levantándose.

Se puso tensa cuando Rocco regresó junto a ellas, y aunque evitó mirarlo, no podía ignorar su abrumadora presencia, y vio con espanto que le temblaba la mano cuando fue a tirar de la cremallera de su maletín para cerrarlo.

–Ha empezado a nevar de nuevo –comentó Rocco–. Quizá no sería mala idea que se quedase a pasar la noche aquí, Emma.

El oírle pronunciar su nombre hizo que un cosquilleo le recorriera la espalda. Inspiró profundamente y esbozó una sonrisa educada.

–Le agradezco el ofrecimiento, pero tengo que volver a casa.

Rocco frunció el ceño. Se los había imaginado a los dos sentados frente al fuego cuando su abuela se hubiese ido a la cama, tomando un copa, mientras desplegaba ese encanto con el que siempre se ganaba a las mujeres. La negativa de Emma acababa de hacer añicos su fantasía, pero también despertó su curiosidad.

–¿La espera alguien?

Aquella brusca pregunta era la forma menos sutil posible de averiguar si tenía pareja, pensó con sarcasmo.

–Holly, mi hija de tres años –los ojos grises de Emma lo miraron con indiferencia antes de posarse en el reloj sobre la repisa de la chimenea–. Tenía que haberla recogido hace media hora de la guardería, pero llamé para decir que iba a llegar un poco más tarde y por suerte me han dicho que no había problema.

–¿Y no puede ir a recogerla su padre?

Rocco no sabía quién estaba más sorprendido por aquel interrogatorio, si Emma o él. No sabía qué le había dado ni por qué, cuando en ese momento miró la mano izquierda de Emma y vio un anillo en su dedo, su irritación aumentó. ¿Cómo no se había fijado antes en él?

–No –respondió Emma sin más explicaciones–. Iré por mis botas y mi anorak y me marcharé. No, no te levantes, Cordelia –le dijo a la anciana cuando vio que esta hacía ademán de ponerse de pie–. Vendré a verte el lunes.

–No te olvides del gorro –le dijo Cordelia–. Suerte que te hice ese gorro de lana; te ha venido muy bien para este frío.

Emma reprimió un suspiro. Aquel gorro parecía más un cubreteteras que un gorro, pero Cordelia se había mostrado tan orgullosa de él cuando se lo había regalado, hacía unas semanas, que se había sentido en la obligación de usarlo. Al pasar junto a Rocco vio el brillo divertido en sus ojos y se sonrojó.

Cuando salió de la cocina minutos después, lo encontró esperándola en el vestíbulo, y aunque era ridículo que la preocupara algo así, deseó llevar puesto su elegante abrigo de lana gris perla en vez de aquel anorak tan poco favorecedor.

–La acompañaré hasta el coche –dijo abriendo la puerta.

De inmediato se coló en la casa una ráfaga de aire frío. Ya no nevaba tanto, pero aun así la nieve no dejaba de caer.

–No es necesario, de verdad –respondió mientras él bajaba tras ella los escalones del porche.

Rocco la ignoró y fue con ella hasta el todoterreno.

–Aún no le he dado las gracias por haberme auxiliado en la carretera.

La oscuridad difuminaba sus rasgos, pero sus ojos ambarinos brillaban como los de un tigre.

–No hay de que –Emma vaciló un instante antes de añadir–: La verdad es que me alivia que haya venido; su abuela me tenía preocupada y me voy más tranquila sabiendo que no está sola. ¿Cuánto tiempo va a quedarse?

–Todavía no lo sé.

En un principio solo había pensado en pasar unos días allí, pero no podía irse y dejar a su abuela en esa situación.

Emma debía estar pensando lo mismo, porque cuando se hubo subido al todoterreno lo miró con severidad y le dijo:

–Bueno, aprovechando que está usted aquí fijaremos una cita con alguien de Servicios Sociales para decidir entre todos qué sería lo más adecuado para su abuela.

Su tono volvió a irritarlo una vez más. ¿Acaso creía que iba a desaparecer y a dejar tirada a su abuela? Estaba a punto de decirle que no necesitaba sus consejos ni los de nadie más cuando recordó que si Emma no hubiese estado ayudando a su abuela durante ese tiempo podría haber ocurrido algo terrible.

–Será mejor que se marche antes de que empiece a nevar fuerte otra vez. ¿Querrá llamar cuando llegue a casa, para que mi abuela se quede tranquila?

Emma asintió y giró la llave en el contacto.

–Siento llegar tan tarde –se disculpó Emma cuando Karen, la dueña de la guardería, abrió la puerta de su casa para dejarla pasar–. La carretera parece una pista de hielo.

–No te preocupes, Holly ha estado jugando con mis hijas –la tranquilizó–. Le he dado de cenar con ellas, pero no ha comido mucho y parece cansada. Le está costando recuperarse de la gripe, ¿no? Lo que necesitáis las dos son unas buenas vacaciones en el extranjero, en algún sitio cálido.

–Más quisiera –respondió Emma con un suspiro–. No podría permitírmelo, ni puedo hacer planes cuando mi casero está pensando en poner la cabaña a la venta, y entonces tendré que buscar otro sitio donde vivir.

Aquella preocupación había estado rondándola desde hacía tres semanas, pero una sonrisa iluminó su rostro cuando entró en el salón y Holly corrió a sus brazos.

–Mami, te echaba de menos.

–Y yo a ti, cariño.

Más de lo que podía decirle con palabras, añadió Emma para sus adentros mientras levantaba a la niña para abrazarla con fuerza y besarla en la mejilla.

–Vamos a casa –le susurró, intentando no pensar en que tal vez Primrose Cottage no seguiría siendo su hogar por mucho tiempo.

Holly estaba medio dormida cuando Emma aparcó el todoterreno junto a la cabaña. Decidió no bañar a la pequeña, y después de que se pusiera el pijama y se lavara los dientes la arropó, le leyó un cuento y cuando se hubo dormido salió de puntillas de la habitación.

Sabía que una tortilla era una cena muy pobre después del largo día que había tenido, pero no tenía ganas de prepararse nada más. Eso sí, antes de cenar llamaría a Nunstead Hall para que Cordelia supiese que había llegado a casa.

Era ridículo que se le acelerase el pulso mientras marcaba, pero no era algo que pudiese controlar, igual que no pudo evitar el brinco que le dio el corazón en el pecho cuando contestó una voz masculina y aterciopelada al otro lado de la línea.

–Ah, hola, Emma, ¿todo bien?, ¿sin problemas en la carretera?

–Sí, gracias.

¿Era suya esa vocecita ahogada de tímida adolescente? ¿Y por qué se sentía acalorada por el mero hecho de que Rocco pronunciara su nombre? Al recoger a Holly había logrado apartarlo de sus pensamientos, pero de repente su apuesto rostro volvía a ocuparlos por completo.

–Espero que Holly no estuviera muy disgustada –añadió Rocco, con esa voz que parecía chocolate derretido.

Emma inspiró temblorosa y sin saber cómo logro que su voz sonara alegre y despreocupada cuando respondió:

–No, por suerte estuvo entretenida jugando con las hijas de la dueña de la guardería. Ya la he acostado, y ahora mismo iba a prepararme la cena. En fin, solo llamaba para que su abuela se quedara tranquila. Buenas noches, señor D'Angelo.

–Rocco –la corrigió él con suavidad–. Creo que podemos tutearnos. Mi abuela se ha pasado toda la tarde hablando de ti, Emma. Es evidente que te ha tomado mucho cariño, y ahora que siento como si te conociera por todo lo que me ha contado se me haría raro llamarte «señora Marchant».

–Ya veo –murmuró Emma.

¿Qué diablos le habría contado Cordelia?, se preguntó sonrojándose. La idea de que aquel hombre lo supiese todo sobre ella la hizo sentirse tremendamente incómoda. De pronto tuvo la sensación de que a Rocco D'Angelo lo divertía turbarla de esa manera. Imaginó sus labios curvándose lentamente en una sonrisa muy sexy y se sorprendió al notar que se le endurecían los pezones. Tenía que poner fin a aquella llamada.

–Bueno, pues buenas noches... Rocco.

–*Buonanotte*, Emma. Y gracias otra vez por ayudarme en la carretera.

Capítulo 3

POR LO general a Emma le encantaba la mañana del sábado porque se presentaban ante ella dos días completos que podía pasar con su hija, pero el fin de semana ya empezó mal cuando recogió el correo del buzón y encontró una carta de su casero en la que le informaba de que finalmente se había decidido a vender la casa. Le daba dos meses de plazo para abandonar la vivienda, como tenía obligación de hacer por ley, pero a Emma se le cayó el alma a los pies.

–Mami, me prometiste que íbamos a hacer magdalenas –le recordó Holly mientras desayunaban.

Emma, que había perdido el apetito, dejó su tostada a medio acabar en el plato, y sonrió a su hija.

–Es verdad, tienes razón.

No tenía sentido que se angustiase y les estropease a ambas el fin de semana, se dijo.

Sin embargo, la llegada del agente inmobiliario unas horas después para tomar medidas y hacer fotografías de la cabaña la obligó a volver a la cruda realidad de su situación.

–No hay ninguna otra vivienda de alquiler ahora mismo en Little Copton –le dijo el agente–, pero tenemos un par que se venden. Aunque las dos son más grandes que esta: cuatro dormitorios, un par de cuartos de baño, jardín..., así que probablemente se salgan de su presupuesto.

–Por desgracia ni siquiera me puedo permitir pagar

la entrada de una hipoteca –respondió ella con un suspiro.

Holly estaba tan integrada en la vida de aquel pequeño pueblo... Iba a la guardería y había solicitado una plaza para ella en el colegio al que iban a ir todos sus amigos, pero ahora tendrían que abandonar Little Copton y mudarse a otra ciudad donde pudiesen encontrar una vivienda de alquiler.

El timbre de la puerta hizo a Emma fruncir el ceño. No esperaba ninguna visita. Se disculpó con el agente para ir a ver quién era, y cuando llegó al vestíbulo y abrió la puerta el corazón le dio un vuelco al encontrarse con el apuesto rostro de Rocco D'Angelo. Debería ser ilegal que un hombre sonriera de un modo tan sexy, pensó mientras los ojos de él recorrían su figura lentamente, y se detenían en sus senos. Y ella, como una tonta, se encontró deseando llevar algo más favorecedor que aquel suéter gris de manga larga que había encogido al lavarlo.

–Tu cara me dice que estás teniendo una mala mañana.

Pues sí, y justo en ese momento acababa de empeorar.

–Te has manchado con algo... –comenzó a decir él, señalando.

Emma bajó la vista y vio que tenía el pecho cubierto de un fino polvo blanco.

–Oh. Es harina –murmuró sonrojándose mientras se lo sacudía–. Estamos haciendo magdalenas y Holly batió los ingredientes con demasiado entusiasmo –para su espanto se dio cuenta de que los pezones se le marcaban bajo la prenda de punto–. ¿Has venido por algún motivo concreto?, porque estoy algo ocupada.

El tono áspero que empleó hizo a Rocco enarcar las cejas.

–Sí, mi visita tiene un motivo. Quizás podrías invitarme a pasar para que lo hablemos.

Miró por encima del hombro de Emma, hacia el estrecho pasillo, y se puso tenso cuando vio a un hombre salir de una de las habitaciones al fondo. ¿Era eso lo que la tenía ocupada? ¿Había ido a verla un «amigo» a las diez de la mañana, o habría pasado la noche con ella? Por alguna razón la sola idea lo puso de mal humor, y aquello lo irritó profundamente.

La noche anterior se había convencido a sí mismo de que no estaba interesado en la enfermera de su abuela, pero eso había cambiado cuando le había abierto la puerta. El glorioso cabello rojizo dorado que enmarcaba su bonito rostro y el modo en que los vaqueros resaltaban las suaves curvas de sus caderas y en que el apretado suéter moldeaba sus pechos hicieron palpitar su miembro de deseo. Se había imaginado levantándole el suéter para cerrar las manos sobre aquellos blandos y generosos senos.

Lo último que Emma quería hacer era tener a Rocco dentro de su casa, pero por educación no podía negarle la entrada, así que se hizo a un lado para dejarle pasar.

De inmediato pareció ocupar todo el espacio. Hasta le rozaba la cabeza con las vigas de madera del techo. Era demasiado grande, demasiado dominante y abrumador, pensó, pero disimuló su irritación cuando se acercó el agente inmobiliario, haciendo que el pasillo pareciera aún más estrecho.

–Ya he hecho todas las fotos que necesitaba –dijo lanzando una mirada curiosa a Rocco antes de centrar su atención en ella–. Me gusta cómo ha reformado la casa; creo que se venderá muy deprisa.

–Yo no tengo prisa por que se venda –respondió Emma apesadumbrada–, pero imagino que a mi casero le alegrará oír eso.

Volvió a abrir la puerta para que saliera el agente, y cuando se hubo marchado se volvió hacia Rocco. Estaba entrometiéndose en el escaso tiempo que tenía para estar con su hija, y estaba impaciente por que se marchase.

—¿De qué querías hablar?

Rocco eludió su pregunta con otra.

—¿Dónde vas a mudarte?

Emma se encogió de hombros.

—No lo sé. Ha sido esta misma mañana cuando he sabido que mi casero finalmente ha decidido poner esta casa a la venta. Me gustaría que nos quedáramos en esta zona, pero si no logro encontrar un buen alquiler tendré que considerar mudarnos a Newcastle.

—Cordelia os echaría de menos si os mudaseis tan lejos.

—Y nosotras a ella —murmuró Emma mordiéndose el labio.

—¿Y por qué no compras tú la casa?

—Me encantaría, pero es imposible con lo que gano, y más teniendo que criar yo sola a Holly.

El olor de la colonia de Rocco la embriagaba, y en el pequeño vestíbulo no tenía otro sitio donde mirar que no fuera él.

—Mi abuela me contó anoche que tu marido murió. ¿No tenía un seguro de vida?

Emma casi se rio ante la sugerencia de que Jack hubiera podido mostrar siquiera un ápice de responsabilidad en ese respecto. Había recibido una compensación del cuerpo de bomberos tras su muerte, pero todo el dinero se había ido en pagar las enormes deudas de la tarjeta de crédito de las que ella no había sabido antes de ese momento.

—Por desgracia no —respondió con aspereza, para darle a entender que no era asunto suyo—. No pretendo ser grosera, pero tengo un montón de cosas que hacer y...

–Mami, ya he decorado las magdalenas.

Emma giró la cabeza al oír la voz de su hija y reprimió un gemido de espanto al ver a Holly saliendo de la cocina con las manos pringadas de merengue. Por suerte le había puesto un delantal, pero se había olvidado de que había dejado a la pequeña removiendo el merengue mientras hablaba con el agente inmobiliario, y no podía culparla porque se hubiera impacientado y hubiera decidido no esperarla más para decorar las magdalenas.

–Ya lo veo, cariño –murmuró, preguntándose cómo habría quedado la cocina.

Holly se detuvo a su lado y se quedó mirando a Rocco con curiosidad.

–¿Tú también eres un agente *nobiliario?*

–Lo que quieres decir es un agente «inmobiliario» –la corrigió Emma.

Pero Holly no apartó la mirada de Rocco. Era curioso que, a pesar de que por lo general era una niña tímida, no parecía intimidada por la presencia de aquel extraño. Emma comprendió por qué cuando volvió a mirar a Rocco y vio la encantadora sonrisa en sus labios.

–Hola, Holly –su profunda voz sonó más aterciopelada que nunca–. No, no soy un agente inmobiliario; soy un amigo de tu mamá.

¿Desde cuándo?, habría querido preguntar Emma. Holly, sin embargo, pareció satisfecha con esa explicación.

–¿Y cómo te llamas?

–Rocco.

Para sorpresa de Emma, Holly sonrió a Rocco.

–Mamá y yo hemos hecho magdalenas. Puedes comerte una si quieres.

Aquel hombre sería capaz de encantar a las serpientes con esa sonrisa, pensó Emma irritada.

–Cariño, no creo que... Rocco tenga tiempo ahora mismo. De hecho, ya se marchaba –dijo lanzándole a este una mirada incisiva.

Él esbozó una sonrisa y sus ojos brillaron divertidos antes de volver a centrar su atención en Holly.

–Me encantaría probar una de tus magdalenas si a tu mamá no le importa.

–Claro que no le importa –le aseguró la niña–. Te traeré una.

–Me parece que antes deberíamos limpiarte un poco –le dijo Emma. Decidida a tomar las riendas de la situación, abrió la puerta del salón y le dirigió a Rocco una mirada de pretendida indiferencia que no logró disimular su irritación–. ¿Por qué no esperas aquí sentado?

–Gracias.

Cuando pasó a su lado para entrar en el salón, se rozó brevemente con ella, y una corriente eléctrica recorrió el cuerpo de Emma, provocándole un cosquilleo en la piel.

¿Cómo sería estar entre sus brazos, apretada contra su pecho, contra sus muslos? Las mejillas de Emma se tiñeron de rubor, y se apartó de él con tanta violencia que se golpeó la cabeza con el marco de la puerta.

–Eh... cuidado... –murmuró Rocco, como si estuviese apaciguando a una yegua nerviosa. Sus ojos ambarinos escrutaron su rostro, como pensativos–. No iría mal un café con la magdalena. Solo; sin azúcar.

¡Lo que daría por borrar esa sonrisa arrogante de sus labios!, pensó Emma furiosa mientras se alejaba hacia la cocina detrás de Holly. Por lo general era una persona muy calmada, pero Rocco D'Angelo la sacaba de sus casillas. Le haría esa taza de café e insistiría en que se marchase.

En el salón, Rocco se levantó del sofá y se acercó a mirar las fotografías enmarcadas sobre la repisa de la chimenea. En la que estaba en el centro se veía a un hombre con un uniforme de bombero que imaginó que debía ser el marido de Emma. Junto a ella había una medalla de plata sobre un cojincito de terciopelo. También había otras fotografías, como una de Holly en brazos de su madre cuando solo era un bebé, y una más reciente de la pequeña frente a un árbol de Navidad allí, en la cabaña. Curiosamente no había ninguna de Emma con su marido, ni de este con Holly.

Se quedó mirando la fotografía del difunto Jack Marchant. No podía negarse que había sido un tipo guapo, y por la sonrisa fanfarrona que adornaba sus labios diría que había sido muy consciente de la atracción que ejercía sobre las mujeres. De hecho, estaría dispuesto a apostarse lo que fuera a que había sido un mujeriego antes de casarse.

Por lo que le había contado su abuela la noche anterior y por lo que él mismo había observado, Emma era una persona más bien seria y discreta, con un marcado sentido de la responsabilidad. Se le hacía raro que hubiese escogido a un hombre como Jack Marchant para casarse, pero si llevaba el anillo de casada tres años después de enviudar debían haber sido felices y debía haberlo querido mucho.

—Mi papá era un héroe.

Cuando bajó la vista Rocco se encontró con que Holly había entrado en el salón sin hacer ruido y estaba de pie junto a él. Era una niña muy guapa, con el cabello un poco más claro que su madre, y los mismos ojos grises.

–Esa medalla es suya –le explicó señalando la repisa de la chimenea–. Salvó a gente de un incendio. ¿A que sí, mami? –inquirió volviéndose hacia Emma, que acababa de entrar también–. Lo que pasa es que yo no lo conocí porque estaba en la barriga de mamá –añadió con una carita muy solemne.

–Jack murió dos meses antes de que Holly naciera –le explicó Emma a Rocco, al ver la confusión en sus ojos–. Rescató a tres niños de una casa en llamas, pero el tejado se derrumbó y quedó atrapado. Le concedieron una medalla a título póstumo.

Rocco se sintió algo avergonzado de sí mismo por haberlo juzgado únicamente por las apariencias. Bajó la vista hacia Holly y le dijo con una sonrisa:

–Tu papá fue un hombre muy valiente; debes estar muy orgullosa de él.

Holly respondió con una sonrisa de oreja a oreja y le tendió una magdalena con un emplasto de merengue encima.

–Te he escogido una con mucho merengue –le dijo.

A Rocco no le gustaban los dulces, pero como no quería disgustar a la pequeña, la tomó y le dio un mordisco.

–Umm... deliciosa –le aseguró.

Holly, que estaba mirándolo ansiosa, pareció darse por satisfecha con su veredicto.

–Acábatela antes de que caigan migas en la alfombra –le dijo muy seria.

–¿Dijiste que no querías azúcar en el café? –le preguntó Emma.

Rocco la miró. Había un brillo divertido en sus ojos, y cuando sus labios se curvaron en una sonrisa el corazón le palpitó con fuerza. Al principio habría dicho de ella que era más o menos atractiva, pero la noche anterior apenas había dormido preguntándose por qué no podía dejar de pensar en ella, y en ese momento se dio cuenta de que la suya era una belleza discreta que hacía que sus ojos volviesen a ella una y otra vez.

–*Grazie* –dijo tomando la taza de café que le ofrecía. Se fijó en que le temblaba ligeramente la mano, y sintió una cierta satisfacción de ver que no le era tan indiferente como quería hacerle creer–. Esto me recuerda el motivo por el que he venido –le dijo–. Voy a llevar a Cordelia al hotel Royal Oak esta tarde a tomar el té, y nos encantaría que Holly y tú os unieseis a nosotros.

–Oh. Pues... es muy amable por tu parte, pero creo que voy a rechazar la invitación –balbució Emma, sin poder disimular demasiado bien el pánico que la invadió.

No le parecía que fuese buena idea pasar la tarde en compañía de un playboy italiano guapísimo; sobre todo cuando le costaba tanto ocultar la atracción que sentía por él.

–Es que... tenemos otros planes, y estoy segura de que tu abuela querrá tenerte para ella sola; y más teniendo en cuenta cuánto hacía que no te veía.

Rocco optó por ignorar ese comentario mordaz.

–Es mi abuela quien ha querido invitaros. Le gustaría mucho que viniérais –las comisuras de sus labios se curvaron en una sensual sonrisa, y añadió–: Además, tengo órdenes estrictas de no aceptar un «no» por respuesta –su sonrisa se tornó cálida y algo burlona, como si supiera la razón por la que se estaba negando–. Tengo entendido que el hotel tiene una colección de casas de muñecas con las que los niños pueden jugar. ¿Te gustan las casas de muñecas, Holly? –le preguntó a la pequeña, que estaba escuchando su conversación.

–Eso es injusto –masculló Emma, mientras su hija asentía con entusiasmo.

–¿Injusto que quiera que una mujer anciana pase una tarde agradable? –replicó él–. Cordelia está muy ilusionada con la idea de salir a tomar el té, y es evidente que le tiene mucho cariño a Holly. ¿No podrías posponer esos planes hasta mañana?

En realidad los únicos planes que tenía Emma era ver un DVD infantil con Holly y atacar la pila de ropa que tenía por planchar, pero eso no lo sabía Rocco.

–¿Podemos ir a tomar el té con *nonna*?, ¿por favor? –le pidió Holly.

Al ver la carita esperanzada de su hija Emma reprimió un suspiro de resignación. Al ver la sorpresa de Rocco, le explicó:

–Como a Holly le costaba pronunciar «Cordelia» tu abuela le dijo que podía llamarla «*nonna*».

Había sido conmovedor ver la amistad especial que se había ido forjando entre la anciana y su hija a pesar de los ochenta años de diferencia entre ambas. Se obligó a mirar a Rocco a los ojos, maldiciendo para sus adentros el modo en que le palpitó el corazón.

–Dile a tu abuela que aceptamos encantadas su invitación.

–De acuerdo; os recogeré a las tres y media.

–No hace falta que nos lleves –replicó ella–. Podemos encontrarnos en el hotel. Espero que tu coche no sufriera daños importantes ayer.

Aunque estuviera en perfecto estado no iba a permitir que Holly se montase en un deportivo con lo que resbalaban las carreteras.

–Por desgracia el choque arrancó el tubo de escape del chasis –contestó Rocco–. Como tendrían que mandar unas piezas especiales de Italia para repararlo, he alquilado un vehículo más acorde con el frío invernal que está haciendo –dijo señalando la ventana con la cabeza.

Emma miró hacia allí y vio un todoterreno último

modelo aparcado fuera. Relucía de tal modo que a su lado su viejo todoterreno parecía el primo pobre. ¡Lo que era tener dinero!, pensó con amargura. La vida de multimillonario que llevaba Rocco era muy distinta de la suya, la de una madre soltera en un tranquilo pueblecito de Northumbria. ¿Y acaso importaba eso?, se preguntó. Pronto Rocco regresaría a Italia y probablemente no volvería a verlo jamás. Podía sobrevivir una tarde en su compañía sin ponerse en ridículo, se dijo.

–De acuerdo, pues te esperamos a las tres y media entonces –dijo disimulando su nerviosismo con una sonrisa.

Eran casi las seis de la tarde cuando regresaron a Primrose Cottage.

–Gracias por invitarnos; lo hemos pasado muy bien –le dijo Emma a Rocco con una breve sonrisa antes de girar la cabeza hacia el asiento atrás–. Holly se ha divertido muchísimo; no me extraña que se haya quedado dormida –le dijo a Cordelia–. Nunca la había oído parlotear de ese modo.

A pesar de sus reservas, la tarde había sido muy agradable. Holly había estado encantada jugando con las casas de muñecas en el salón de té del hotel, y les habían servido una selección deliciosa de sándwiches y bollería.

Ocupada en intentar persuadir a Holly para que comiera y en charlar con Cordelia, Emma había logrado abstraerse un poco de la intensa atracción que Rocco ejercía sobre ella, y aparte de una conversación en la que ella le había preguntado por su empresa, Eleganza, y él le había relatado brevemente su historia, no habían hablado demasiado.

Lo que sí había habido entre ellos había sido contacto visual. Durante toda la tarde había sido consciente de que había estado mirándola, y en varias ocasiones ella le había lanzado también una mirada furtiva y se había sonrojado cuando sus ojos se habían encontrado.

Y en un momento dado, cuando había regresado a la mesa después de estar jugando con Holly, se había quedado mirándola con tal intensidad, que los pezones se le habían endurecido, aunque por suerte gracias al grueso suéter de lana no se le había notado.

El recuerdo del brillo de depredador en sus ojos ambarino la hacía sentirse nerviosa, y se apresuró a desabrocharse el cinturón de seguridad y a abrir la puerta.

—No hace falta que te bajes —le dijo—; deberías llevar a Cordelia a casa antes de que empiece a hacer más frío.

—Dejaré el motor en marcha y la calefacción puesta mientras llevo a Holly dentro —respondió él—. Ve a abrir la puerta de la entrada, Emma —le ordenó en un tono que no admitía discusión, justo cuando ella abrió la boca para replicar.

«¡Qué hombre más irritante!», pensó mientras se dirigía hacia la entrada. Había criado a Holly ella sola desde que había nacido y no necesitaba su ayuda, se dijo introduciendo la llave en la cerradura. Al mirar hacia atrás por encima del hombro vio que Holly se había despertado, pero en vez de alarmarse por encontrarse en los brazos de Rocco la pequeña apoyó la cabeza en su hombro y volvió a cerrar los ojos.

No estaba celosa, se dijo Emma, intentando convencerse a sí misma. Sin embargo, le resultaba difícil ver a su hija acurrucándose contra Rocco como si se hubiese convertido en parte de sus vidas. No lo era, y nunca lo sería. No quería que Holly se encariñase con él para luego llevarse un chasco cuando regresase a Italia.

Cuando pasaron al salón lo observó mientras depositaba a la niña dormida en el sofá, y lo siguió de vuelta al vestíbulo.

–Gracias otra vez; Holly... las dos lo hemos pasado muy bien –le dijo de nuevo.

–Me alegra que no haya sido para ti un suplicio pasar la tarde en mi compañía –dijo Rocco.

En el estrecho vestíbulo estaba tan cerca de ella que Emma se sentía incómoda. Cerró los ojos en un vano intento por no ser tan consciente de su presencia, pero eso hizo que sus otros sentidos se agudizaran. De inmediato la envolvieron el calor de su cuerpo y el aroma de su aftershave.

Abrió los ojos cuando sintió algo rozar su mejilla, y los abrió aún más al ver que Rocco estaba remetiendo un mechón por detrás de su oído; un gesto inaceptable viniendo de un hombre al que apenas conocía. Era una intrusión en su espacio, y sabía que debería decirle que se apartara, pero la leve caricia de sus dedos en su piel la tenía hechizada. ¡Hacía tanto tiempo de la última vez que la había tocado un hombre!

Desde que había descubierto las infidelidades de Jack había levantado un muro en torno a su corazón. ¿Iba a permitir que ese muro fuera derrumbado por un reconocido playboy?

La expresión vulnerable en los ojos grises de Emma pilló a Rocco por sorpresa. Su instinto le decía que alguien le había hecho daño en el pasado. ¿Qué otra razón podría haber para que lo rehuyese como una yegua nerviosa cada vez que se acercaba a ella?

¿Pero quién podría tener la culpa de que estuviese siempre a la defensiva? Pensó en la foto de su difunto marido sobre la chimenea, y bajó la vista al anillo en su dedo, recordando cuántas veces se había puesto a darle vueltas esa tarde sin darse cuenta.

Sí, debía haber querido mucho a su marido para llevar el anillo de casada tres años después de su muerte. Pero, ¿si no era él, quién tenía la culpa de esa mirada temerosa en sus ojos? ¿Y qué le importaba a él?, se preguntó irritado. Por algún motivo que no sabría explicar se encontraba queriendo deslizar los dedos por entre su brillante cabello y atraerla hacia sí.

Lo único que evitó que inclinara la cabeza y la besara fue el darse cuenta de que el labio inferior le temblaba ligeramente. Lo enfurecía y lo irritaba al mismo tiempo: en un momento se comportaba como la eficiente e inflexible enfermera que era, y en el momento siguiente se convertía en una mujer sensual cuyo recelo no lograba disimular la atracción que sentía hacia él.

Emma se apartó de él y abrió la puerta.

–Buenas noches.

A Rocco no le pasó inadvertida la leve nota de desesperación en su voz y se apiadó de ella.

–*Ciao, bella* –murmuró, sin apartar aún los ojos de ella.

Luego se dio media vuelta y salió de la casa.

Capítulo 4

LA HABÍA llamado «preciosa». ¿Y qué? Eso no significaba nada, se dijo Emma irritada. Un hombre como Rocco probablemente llamaba *«bella»* a todas las mujeres con las que se acostaba para no tener que molestarse en recordar sus nombres.

Un olor a quemado la sacó de sus pensamientos, y maldijo al levantar la plancha y ver las marcas que había dejado en su blusa nueva. Aquello era ridículo. Tenía que dejar de pensar en Rocco. No podía dejar que pusiera su vida patas arriba.

Después de que Rocco se marchase, había llevado a Holly a la cama, y cuando la niña se había dormido se había puesto con la plancha, pero como no quería quemar más prendas decidió que lo dejaría para el día siguiente y se llevó la tabla y la cesta de la ropa al lavadero.

Los sábados por la noche, cuando Holly ya estaba en la cama, solía acurrucarse en el sofá para ver un DVD y se daba un pequeño capricho, como una barrita de chocolate. Para no faltar a esa costumbre fue al salón, metió un DVD en el reproductor, y se sentó en el sofá.

El timbre de la puerta la hizo tensarse de inmediato. ¿Era un sexto sentido el que le decía que aquella inesperada visita era Rocco, o su lado sentimental y absurdo se estaba haciendo ilusiones? ¿Pero qué motivo podría tener Rocco para volver desde Nustead Hall con la fuerte lluvia que estaba cayendo?

Por si acaso dejó puesta la cadena de seguridad cuando abrió, y el corazón le dio un brinco al ver a su némesis allí de pie, con el cuello de la chaqueta de cuero subido y el cabello mojado. Enarcó las cejas, esperando a que se explicara.

–Pensé que podría ser un buen momento para hablar de mi abuela –le dijo él con esa sonrisa que le provocaba un cosquilleo extraño en el estómago–. Y también para compartir este estupendo Pinot Noir –dijo levantando la botella de vino tinto que llevaba en la mano.

Emma sacudió la cabeza.

–No creo que... Es tarde y...

–Es sábado y no son más que las ocho y media –la interrumpió él–. Mi abuela ya se había acostado cuando me marché, pero tiene ochenta y tres años.

El tono divertido de su voz la hizo sonrojar.

–Bueno, tal vez esté ocupada –le espetó ella–. O tal vez sea que no me apetezca hablar de trabajo durante mi tiempo libre. ¿No se te ha ocurrido pensar eso?

–Creía que para ti el bienestar de mi abuela era algo más que trabajo –respondió él con dureza–. Pensaba que la considerabas tu amiga.

–Pues claro que sí –respondió ella azorada.

En eso tenía razón. ¿No llevaba semanas queriendo hablar con el nieto de Cordelia por lo preocupada que la tenía su situación? Y ya que Rocco se había molestado en ir hasta allí no tenía motivo para no invitarlo a pasar... aparte del hecho de que la hacía sentirse como una adolescente.

De pronto a Rocco se le ocurrió que quizá la reticencia de Emma a dejarlo pasar se debiese a que ya tuviese visita; un hombre. Frunció el ceño, sorprendido por cómo lo irritaba la idea.

–Si tienes visita te pido disculpas –le dijo.

Emma parpadeó.

–¿Quién diablos iba a venir a hacerme una visita en una noche así? –replicó. No solo estaba lloviendo, sino que además hacía un frío tremendo. Al decir eso recordó que Rocco estaba de pie en el porche–. Espera –cerró la puerta, quitó la cadena, y volvió a abrir para dejarle entrar.

Olía a cuero y a lluvia, y también a ese aftershave embriagador que ya le resultaba familiar.

–Pasa, por favor –murmuró, intentando ignorar los fuertes latidos en su pecho mientras lo conducía al salón.

–Pensé que tal vez hubiera venido tu novio a verte –dijo Rocco.

Emma lo miró a los ojos y respondió en un tono frío, para darle a entender que no quería hablar de su vida privada:

–No tengo novio.

Rocco, sin embargo, no pareció captar el mensaje.

–Supongo que con una niña pequeña debe resultarte difícil iniciar una relación.

Emma se encogió de hombros.

–No tengo ningún interés en iniciar una relación.

Rocco entornó los ojos.

–Pero imagino que de vez en cuando tendrás alguna cita. ¿Cuánto hace que murió tu marido?, ¿tres años?

–No creo que mi vida privada sea asunto tuyo.

Debería haberle cerrado la puerta en las narices en vez de dejarlo pasar, pensó irritada mientras lo veía acercarse a la chimenea para mirar las fotografías que tenía sobre la repisa.

–Hace tres años que no sales con nadie, pero en cambio no tienes ninguna fotografía con tu marido; ni siquiera del día de vuestra boda –murmuró Rocco–. ¿Por qué?

–Me resulta muy doloroso mirar las fotografías de ese día.

Era la misma excusa que le había dado a los padres de Jack, y era cierto, pero no por los motivos que ellos creían. No podía soportar mirar esas fotos en las que ella estaba sonriéndole con adoración... mientras que él sonreía con adoración a la cámara, consciente de su atractivo.

Las fotos de su boda eran un doloroso recuerdo de su ingenuidad, de cómo había confiado en Jack y le había creído cuando le había dicho que para él no había en el mundo otra mujer más que ella. Para cuando había descubierto todas las veces que le había sido infiel durante los tres años que habían estado casados él había muerto.

Por sus suegros se había guardado para sí la verdad. Jack había muerto como un héroe, y habría sido cruel destruir esa imagen que Peter y Alison tenían de su único hijo. Sabía que sus propios padres sospechaban que su matrimonio no había sido de color de rosa como había pretendido, pero ni siquiera a ellos les había contado la verdad. Además, para Holly, que no había llegado a conocer a su padre, era como un héroe, y no quería que nada estropease esa visión idílica que tenía de él.

El modo en que Rocco la estaba mirando, como escrutándola, la estaba poniendo nerviosa.

—No estoy de humor para someterme a un interrogatorio –le dijo–. Creía que habías venido para hablar de tu abuela.

Rocco no tuvo más remedio que reprimir su curiosidad.

—Así es; quería hacerte una proposición –le dijo con una sonrisa. Levantó la botella de vino–. ¿Tienes un sacacorchos? Tomaremos un trago mientras charlamos.

—Lo tengo en la cocina; iré a abrirla –respondió Emma tomando la botella. Habría querido decirle que había cambiado de opinión y que quería que se fuera, pero las normas de urbanidad exigían que interpretase el papel de anfitriona–. ¿Me das tu chaqueta? La colgaré en la entrada.

–*Grazie* –respondió Rocco quitándosela para dársela.

Cuando Emma la tomó estaba caliente por haber estado en contacto con su cuerpo. Resultaba extraño tener en sus manos algo que hasta hacía solo unos instantes había envuelto su torso musculoso, y se encontró de nuevo preguntándose qué sentiría con la mejilla apretada contra ese ancho tórax y los brazos de él rodeándola.

Colgó la chaqueta en el perchero de la entrada y fue a la cocina. El sacacorchos se escondía al fondo del cajón de los cubiertos, lo que demostraba lo poco que lo usaba. Estaba luchando con el corcho de la botella cuando entró Rocco en la cocina.

–Permíteme.

Rocco descorchó la botella y observó a Emma mientras abría un armarito para sacar dos vasos. Tuvo que ponerse de puntillas y estirar los brazos para alcanzarlos, y al hacerlo el fino suéter de punto que se había puesto se estiró, enfatizando la redondez de sus pechos. Rocco sintió una ráfaga de calor en la entrepierna y se notó tirantes los pantalones.

La cocina era igual de pequeña que el resto de la casa, y con dar un solo paso su cuerpo entraría en contacto con el de Emma, pero resistió la tentación de apretarse contra sus suaves curvas y al pasear la mirada a su alrededor notó que la cabeza le rozaba con las vigas del techo.

–Espero que ese agente inmobiliario no le enseñe esta cabaña a nadie que sea alto; no es mucho mayor que una casa de muñecas.

–Es lo bastante grande para nosotras dos –le espetó Emma saliendo de la cocina.

–¿Ya vivíais aquí antes de que tu marido muriera? –inquirió él siguiéndola.

–No. Jack trabajaba en una estación de bomberos en Newcastle; allí es donde vivíamos. Me mudé aquí, a Little Copton, después de que naciera Holly.

–¿Y qué te hizo venir a este lugar tan aislado? Cualquiera pensaría que un pueblo como este es demasiado tranquilo para una mujer joven. Debe ser difícil tener vida social aquí.

–No quiero vida social –replicó ella–, o al menos no la clase de vida social a la que te refieres, a ir a clubes nocturnos y a bares –añadió–. Hice las prácticas en el hospital de Hexham, y me pasaba mis días libres explorando los páramos. Mis padres querían que Holly y yo nos fuéramos a vivir con ellos a su granja de Escocia, pero cuando vi esta cabaña me enamoré de ella.

–Así que eres escocesa –murmuró Rocco–. Me había parecido que tenías algo de acento.

Emma sacudió la cabeza.

–Técnicamente no lo soy. Mis padres se mudaron de Londres a Escocia cuando yo tenía diez años; por eso no se me nota mucho el acento.

–¿Son tus padres? –inquirió Rocco señalando una foto colgada en la pared del pasillo.

En ella se veía a Holly con una pareja mayor.

–Mis suegros. Adoran a Holly.

Emma se quedó mirando un momento la fotografía, y vio en sus ojos la tristeza que sus sonrisas no podían disimular. Se había detenido junto a Rocco para mirar la fotografía, y hasta ese instante no se dio cuenta de lo cerca que estaban el uno del otro. Se le erizó el vello, y todos sus sentidos parecieron ponerse alerta cuando inspiró y la sutil mezcla de aftershave y feromonas invadió sus fosas nasales. Esbozó una sonrisa forzada.

–Nos estamos desviando del tema por el que has venido. ¿Qué tal si nos sentamos y me cuentas qué es eso que has pensado?

Cuando entraron al salón le indicó con un ademán que tomase asiento en el sofá, pero ella, en vez de sentarse a su lado, se sentó en el sillón orejero junto a la ventana.

Rocco sirvió el vino, y después de levantarse para darle su vaso volvió a sentarse.

–¿No estarías más cómoda aquí, a mi lado? Así cuando no estés bebiendo podrías dejar el vaso sobre la mesa.

Emma se sonrojó al ver el brillo divertido en sus ojos.

–Estoy bien aquí, gracias.

Decidida a no dejarle entrever cómo la irritaba, se echó hacia atrás y tomó un buen sorbo de vino. Era deliciosamente suave y afrutado, y notó de inmediato que un calorcillo agradable la recorría, relajándola.

–Bueno, ¿y qué has pensado hacer con respecto a tu abuela? Me temo que las autoridades locales no le proporcionarían un cuidador que viva con ella, pero hay agencias privadas que sí disponen de enfermeros cualificados que podrían visitarla todos los días.

Rocco sacudió la cabeza.

–Mi abuela necesita más que eso. Está demasiado frágil para continuar viviendo sola en Nunstead Hall, y ya has visto que aunque contrate a alguien que viva con ella es capaz de despedirle si no es de su agrado.

–¿Y qué propones entonces? Cordelia se ha empecinado en que no abandonará Nunstead Hall.

–Lo sé –respondió él con un suspiro–. Como medida temporal, hasta que se haya recuperado de la operación de la cadera y de la quemadura en la mano, le he propuesto que se venga conmigo a pasar unos meses en Portofino.

Emma enarcó las cejas.

–¿Y ha dicho que sí?

–No. Todavía no. Pero se me ha ocurrido una idea con la que creo que podré convencerla –dijo Rocco, mirándola a los ojos–. He apuntado la posibilidad de que podrías venir tú también como su enfermera particular.

Emma, que estaba tomando otro sorbo de vino en ese momento, acabó tomando un gran trago de golpe por aquella inesperada revelación. El alcohol debió subírsele derecho a la cabeza, porque por un instante se notó mareada antes de digerir las palabras de Rocco.

–Pues será mejor que «desapuntes» esa posibilidad –le dijo con aspereza–, porque no tengo ninguna intención de irme a Italia. Es una idea ridícula además de imposible.

–¿Por qué? –inquirió Rocco muy calmado–. No será más que algo temporal, una convalecencia de tres meses. Tengo la esperanza de que durante ese tiempo se acostumbre a aquello y acepte quedarse a vivir conmigo. Al principio se negaba en redondo a considerarlo siquiera porque le preocupaba sentirse sola y que echaría de menos a los amigos que tiene aquí, pero es evidente que tú te has convertido en su mejor amiga además de ser su enfermera, Emma –el tono suave en que pronunció su nombre hizo que un cosquilleo le recorriera la espalda–. Pero cuando le dije que tal vez tu estuvieras dispuesta a venir esos tres meses se mostró mucho más dispuesta a considerarlo.

–No tenías derecho a decirle eso a tu abuela sin preguntarme antes –le espetó Emma irritada–. ¿No ha pasado por tu mente el hecho de que tengo una vida aquí en Inglaterra, un trabajo, una hija? No puedo marcharme tres meses y abandonar mis responsabilidades así como así. Y jamás dejaría a Holly con mis padres durante tres meses. Cuando ha pasado más tiempo lejos de mí ha sido un fin de semana que estuvo en la casa de campo que los padres de Jack tienen en Francia.

Rocco frunció el ceño. Estaba empezando a perder la paciencia.

–¿Cuándo he dicho yo que tengas que dejar atrás a Holly? Vendría con nosotros, por supuesto. Además, dices que tienes una vida aquí, pero vais a tener que mudaros y me has dicho que no hay nadie en tu vida, así que... ¿qué te impide tomarte tres meses sabáticos y ayudar a una anciana que aseguras que te preocupa?

–Docenas de cosas –masculló Emma–. Para empezar, el hecho de que tengo que buscar otro sitio donde Holly y yo podamos vivir cuando se venda esta cabaña.

–Eso no es problema. Puedo hacer que mi secretaria se ponga en contacto con las agencias inmobiliarias de la zona para encontrar un alquiler a tu medida, y una vez hayas escogido el lugar que más te convenga incluso puedo buscar una empresa de mudanzas para que trasladen vuestras cosas.

–No se trata solo de eso. Mi hija necesita estabilidad; no puedo llevármela de repente y...

–Estoy seguro de que le encantará Italia. Villa Lucia, la propiedad que tengo en Portofino, tiene casi dos hectáreas de jardines. Las temperaturas son mucho más cálidas, y dentro de un mes incluso podrá bañarse en el mar. Tú misma has dicho esta tarde que te gustaría poder llevarte a Holly de vacaciones para que acabara de recuperarse de la gripe que la ha dejado pálida y sin apetito –le recordó.

Emma no podía negar que había dicho exactamente eso cuando Holly se había negado a comer más de medio sándwich en el hotel.

–Pero no serían unas vacaciones –apuntó–. ¿Quién cuidaría de Holly mientras yo trabajo?

–No puede llamársele «trabajo» –replicó Rocco–. Mi abuela no necesita que una persona esté pendiente de ella las veinticuatro horas del día. Principalmente le harías compañía y te ocuparías de lo que pudiera necesitar. Además, sabes tan bien como yo que le encanta estar con Holly. De verdad que no entiendo qué problema hay –dijo lleno de frustración–. Es la solución perfecta: mi abuela estará bien cuidada y feliz, y Holly pasará tres meses en un lugar con un clima más cálido que el de este sitio.

Sí que había un problema; él era el problema. O más bien la idea de vivir bajo el mismo techo que él durante tres meses y tener que verlo cada día con aquella atracción irresistible que sentía hacia él.

–Lo siento, pero mi respuesta sigue siendo no.

–¿Pero por qué? –inquirió Rocco, esforzándose por reprimir su frustración.

–Tengo mis razones.

–¿Que son...? Si es una cuestión de dinero, por eso no hay problema. Te pagaré lo que quieras. Mi abuela no querrá venir si no vienes tú –se quedó mirándola, sumamente irritado por la obstinación de Emma–. ¿Qué se supone que debo hacer? Los dos sabemos que no estará segura si se queda en Nunstead Hall, pero yo tengo compromisos en Italia que debo atender, y tengo que volver como muy tarde la semana que viene.

Emma intentó ignorar la punzada de culpabilidad que sintió. No podía negar que lo mejor para Cordelia sería ir a Italia con su nieto, pero tendría que encontrar otra manera de convencerla.

–Siento que le hayas dado falsas esperanzas a tu abuela, pero no puedo ir –le dijo–. Y no veo por qué tendría que explicarte mis motivos cuando apenas nos conocemos –añadió sin arredrarse cuando vio el brillo enfadado que relumbró en los ojos ambarinos de Rocco–. Eso es todo lo que tengo que decir –concluyó levantándose–. Y creo que tú deberías marcharte ya.

¡Estaba echándolo! Ninguna mujer le había pedido

jamás que se marchase de su casa, y era una sensación que no le gustaba nada en absoluto, pero le había expuesto su idea y no iba a suplicarle, así que se puso en pie y dejó su vaso en la mesita al mismo tiempo que Emma. Sus dedos se rozaron, y ella apartó la mano con tal brusquedad que volcó su vaso, que aún estaba medio lleno, y el vino tinto cayó en cascada por el borde de la mesa.

–¡Oh, mierda! –exclamó ella espantada al ver la mancha que estaba extendiéndose por la moqueta–. ¡Tenía que pasar justo ahora! El agente llamó antes para decirme que mañana va a venir un matrimonio a ver la cabaña.

–Iré por una bayeta –dijo Rocco, que ya estaba dirigiéndose a la cocina.

Emma corrió detrás de él, y mientras él salía con la bayeta húmeda se puso a buscar en el armario donde estaba segura de que había guardado el quitamanchas, hasta que recordó que lo había acabado de gastar en Navidad y había tirado el bote vacío.

–¿Cómo está?, ¿se ve mucho? –preguntó angustiada, mientras salía a toda prisa de la cocina.

Como justo en ese momento Rocco salía, se chocaron en la puerta del salón.

–Iba a decirte que no te preocuparas, que no se nota nada; no te pongas histérica.

–No estoy histérica –replicó ella alzando la voz. De acuerdo, sí, tal vez sí que estuviera perdiendo los nervios.

Era todo culpa de Rocco, que hacía que tuviera los nervios a flor de piel, se dijo. Desde el momento en que lo había dejado entrar había sido consciente de la tensión sexual que había entre ellos, y en ese momento, atrapados como estaban el uno frente al otro en el umbral de la puerta, se sentía como si un río de lava corriera por sus venas.

Sus ojos se vieron atraídos, contra su voluntad, hacia el rostro de Rocco, y su corazón palpitó violentamente cuando vio que estaba mirándola con la fiereza de un depredador. El tiempo pareció detenerse. El aire entre ellos daba la impresión de estar cargado de electricidad estática.

Rocco inclinó lentamente la cabeza. Iba a besarla. Emma sabía que debería apartarse, romper el embrujo que había arrojado sobre ella, pero era demasiado tarde. Notó el cálido aliento de Rocco en sus labios, y los abrió involuntariamente cuando su boca tomó posesión de la de ella.

Rocco deslizó una mano por detrás de su nuca para hacer el beso más profundo, pero sin abrumarla, y Emma sintió que se relajaba y comenzó a responderle.

Era como estar ahogándose en un mar de sensaciones. Todo lo que los rodeaba había desaparecido y ya no había nada excepto el fuerte cuerpo de Rocco apretado contra el suyo. Podía incluso sentir los músculos de sus muslos a través de la fina tela de la falda.

La mano que Rocco tenía en su nuca se enredó en sus cabellos, e incrementó sutilmente la presión de sus labios sobre los de ella, llevando el beso a otro nivel claramente erótico.

Sin darse cuenta de lo que estaba haciendo Emma le rodeó el cuello con los brazos, y un temblor la recorrió de arriba abajo cuando él le pasó un brazo por la cintura y la atrajo aún más hacia sí. Ahora podía sentir los latidos del corazón de Rocco... y algo mucho más excitante: su miembro en erección.

La lengua de Rocco se había aventurado hasta ese momento con delicadeza entre sus labios, pero en ese momento inició una exploración muy atrevida que la hizo estremecer.

Nada la había preparado para el placer salvaje y casi

primitivo que evocaba en ella la sensualidad de aquel beso, y le respondió afanosa, enfebrecida, mientras los muros protectores que había levantado en torno a sí se derrumbaban.

Arriba se oyó toser a Holly, y Emma separó de inmediato sus labios de los de Rocco. Su pecho subía y bajaba agitado mientras se esforzaba por llenar sus pulmones con el oxígeno que necesitaba. ¡Por amor de Dios! ¿Y si su hija hubiese salido de la cama y la hubiese encontrado allí, besando a aquel hombre que prácticamente era un extraño? ¿Y si Holly no hubiese tosido y hubiese continuado besándolo con ese abandono que la había abrumado hacía solo unos segundos?

–¿Se puede saber qué estás haciendo? –le preguntó temblorosa.

Él enarcó las cejas.

–¿Que qué estoy haciendo? Querrás decir qué estamos haciendo –murmuró–, y creo que la respuesta es muy simple –deslizó una mano por su pecho antes de frotar con el pulgar el pezón que apuntaba bajo el suéter.

–¡No!

Avergonzada por cómo había respondido a su beso, Emma bajó los brazos de su cuello y se apartó de él saliendo al pasillo mientras intentaba recobrar el aliento.

–Me has pillado desprevenida –le dijo agitada–. No tenías ningún derecho a besarme.

Rocco se pasó una mano por el cabello, tan sorprendido como Emma por la fuerza del deseo que sentía por ella, y por el fiero impulso de volver a atraerla hacia sí y besarla, contra el que estaba luchando en ese momento.

–Solo ha sido un beso, nada más –le dijo intentando parecer indiferente, aunque el corazón le latía como un loco–. No tienes que ponerte así.

Por su tono parecía como si su indignación lo aburriese, pensó Emma, como si estuviese acostumbrado a besar a mujeres a las que apenas conocía, solo por capricho. Y probablemente era así, se dijo repugnada. Sin duda habría esperado que lo invitase a subir a su dormitorio, o quizá la habría conducido hasta el sofá y le habría hecho el amor allí mismo. Su mente se vio inundada por eróticas imágenes de los dos desnudos, hechos una amalgama de miembros, y le ardieron las mejillas.

–No debería haberlo hecho –murmuró. Su voz sonó casi gutural, batallando como estaba por ignorar la ráfaga de deseo que había golpeado su vientre–. Ya te lo he dicho, no estoy buscando una... –vaciló. La palabra «relación» no le parecía la más adecuada con alguien como Rocco, que sin duda lo único que quería de ella era sexo–. No quiero un hombre en mi vida.

Sus ojos se posaron en la fotografía de Jack sobre la chimenea; su rostro sonriente parecía estar burlándose de ella. Rocco giró la cabeza y apretó la mandíbula al ver lo que estaba mirando.

–Lleva tres años muerto. Puede que fuera un héroe, pero no puedes pasarte la vida llorándole –le dijo con aspereza volviendo de nuevo la cabeza hacia ella. De pronto un pensamiento cruzó por su mente; entornó los ojos–. ¿No me digas que soy el primer hombre al que has besado desde que te quedaste viuda?

–No es asunto tuyo –le espetó ella. No iba a hablar con él de su matrimonio. Holly volvió a toser–. La estamos molestando –masculló alzando la vista hacia las escaleras. Su instinto maternal la urgía a subir para ver cómo estaba su hija, y finalmente fue eso lo que la permitió liberarse del hechizo de Rocco–. Márchate, por favor.

Lleno de frustración, Rocco se dio cuenta de que discutiendo no iba a llegar a ninguna parte, así que salió al pasillo, fue por su chaqueta y abandonó la casa.

¿Y dónde diablos se suponía que quería llegar?, se preguntó mientras se subía al todoterreno. No había pretendido que las cosas se le fueran de las manos hasta ese punto. Ni siquiera había tenido intención de besarla.

Pero luego, cuando la había mirado a los ojos, una fuerza sobre la que no parecía tener control alguno lo había empujado a tomar posesión de sus labios. Los incómodos pinchazos de su palpitante erección eran como un recordatorio burlón de que Emma lo había excitado más que cualquier otra mujer en mucho tiempo. Sin embargo, era evidente que seguía enamorada de su marido, y algo que él jamás soportaría sería hacerle el amor a una mujer que deseara que fuese otro hombre.

Capítulo 5

EL CIELO gris y desapacible con que amaneció el domingo reflejaba el humor de Emma. Holly no quiso ni desayunar ni almorzar, y no dejaba de toser.

La pequeña estaba viendo caer la lluvia, incesante, con la nariz apretada contra el cristal de la ventana.

–¿Cuándo va a salir el sol? –preguntó con un suspiro–. Quiero salir a jugar.

–Pronto llegará la primavera –le dijo su madre.

Sin embargo, de inmediato se sintió culpable al recordar la sugerencia de Rocco de que acompañasen a Cordelia a Portofino para que su hija disfrutase de unas vacaciones de tres meses en la soleada Italia. Claro que eso ya estaba absolutamente descartado. La noche pasada había quedado claro que no era capaz de resistir la atracción que sentía por él.

Apartó a Rocco de su mente, le puso a la pequeña una de sus películas de dibujos favoritas para que se entretuviera, y se concentró en terminar las tareas de la casa para poder jugar con ella.

Por la tarde una pareja de jubilados se pasó a ver la cabaña. Quedaron encantados con ella, y unas horas después su casero la llamaba para informarle de que no solo estaban dispuestos a pagarle lo que pedía, sino que además querían comprar la cabaña cuanto antes.

Aquello acabó de estropearle el día, y por si fuera

poco esa noche de nuevo no consiguió conciliar el sueño hasta altas horas de la madrugada porque no podía dejar de pensar en Rocco.

El lunes por la mañana, como Holly no solo tenía peor la tos, sino que además se despertó con mucha fiebre, Emma decidió llevarla al médico, que le diagnosticó una bronquitis y le recetó un antibiótico.

Por suerte Emma consiguió cambiar de hora la mayor parte de las visitas que tenía ese día, y Sandra, una compañera, accedió a ocuparse de algunos de sus pacientes.

–Con la única con la que tendré problema es con la señora Symmonds –le dijo Sandra–. Como vive tan lejos...

–Yo iré a verla –respondió Emma–. Puedo llevarme a Holly conmigo.

Tenía que enfrentarse a Rocco en algún momento, así que, ¿por qué no acabar con ello cuanto antes?, se dijo mientras se dirigían a Nunstead Hall. Había dejado de llover, pero las carreteras estaban llenas de charcos formados por el aguacero y la nieve derretida.

Como no hubo respuesta cuando llamó a la puerta, supuso que Rocco estaría ocupado en algún lugar de la enorme casa y usó la llave que le había dado Cordelia. Sin embargo, cuando entraron se dio cuenta de inmediato de que la calefacción no estaba puesta. Hacía casi tanto frío dentro de la casa como fuera, con el viento gélido que soplaba sobre los páramos.

Cordelia estaba en el salón, sentada en un sillón junto a la chimenea, donde ya solo quedaban rescoldos. Estaba pálida y tenía los ojos cerrados. Por un instante a Emma se le paró el corazón, pero respiró aliviada al verla moverse.

–¿Por qué está apagada la...? –comenzó a preguntar, pero se calló al ver su mano. No la que tenía el vendaje, sino la otra, que estaba amoratada e hinchada–. ¿Pero qué te ha pasado?

–Abrí la puerta trasera para llamar a Thomas, y entonces se levantó una ráfaga de viento que la cerró de golpe y me pilló los dedos –le explicó la anciana con voz temblorosa–. Rocco cree que no están rotos porque puedo moverlos –añadió, contrayendo el rostro al intentar demostrárselo.

–Debe dolerte muchísimo –murmuró Emma, acuclillándose frente a ella para echarles un vistazo. Preocupada, repitió su primera pregunta–. ¿Por qué no está encendida la calefacción?

–No funciona. Rocco dijo que era por no sé qué problema de la caldera.

–¿Y se puede saber dónde está?

–Oh, se ha ido esta mañana a París a ver a una de sus amigas. ¿O se fue ayer? –Cordelia sacudió la cabeza–. Estoy hecha un lío –luego esbozó una débil sonrisa y añadió–. Es todo un donjuán, igualito que su padre.

Por un momento Emma se quedó sin habla.

–¿Me estás diciendo que te ha dejado sola y con la mano así, y con la casa como un témpano, para ver a una de sus conquistas? –se le revolvió el estómago de solo pensarlo, y sintió que la ira se apoderaba de ella.

¿Cómo podía haber hecho algo así? Su respeto a la anciana fue lo único que hizo que contuviera su lengua para no decir en voz alta lo que pensaba de él: que era el hombre más irresponsable y desconsiderado de todos los que había conocido. Lo que no logró fue acallar la vocecilla cruel que le susurró diciéndole que probablemente la mujer a la que había ido a ver era la hermosa Juliette Pascal. Parecía que se había dado cuenta de que besarla había sido un error, y que ya había pasado página. Seguro que ya incluso lo había olvidado.

Tenía que centrarse en su trabajo, se recordó. Su

prioridad era buscarle a Cordelia una residencia donde la cuidasen debidamente. A pesar de la obstinación de la anciana, tenía que hacerle comprender que no podía seguir viviendo sola.

Miró a Holly, que estaba tosiendo de nuevo.

—No te quites el abrigo, cariño. Siéntate con Cordelia; voy a prepararle una taza de té.

La niña asintió y se sentó en el brazo del sillón.

—Yo te cuidaré, *nonna* —le dijo dándole unas palmaditas en el hombro—. ¿Quieres que te cuente el cuento de los tres cerditos?

El cansancio se disipó de los ojos de Cordelia, que sonrió.

—Me encantaría, preciosa.

Cuando Emma entró en la cocina de repente se abrió la puerta que daba a la parte de atrás de la casa, y la sorprendió ver entrar a Rocco.

—Creía que estabas en París.

Él frunció el ceño ante el tono acusador de Emma, pero lo intrigó verla sonrojarse.

—Estuve allí ayer, pero volví por la noche —respondió encogiéndose de hombros.

De modo que era cierto, pensó Emma. Después de besarla se había ido a ver a su amiga francesa. ¿Por qué se sentía traicionada?, se preguntó con irritación? Era ridículo. Sabía que era un playboy. Y el beso tampoco había significado nada para ella.

—No puedo creerme que te fueras a París dejando a tu abuela aquí sola con la caldera estropeada y con la mano hinchada y dolorida —le espetó—. Es lo más despreciable que... ¡Por amor de Dios!, ¿no podías controlarte? ¿O es que un revolcón con esa Juliette como se llame es más importante para ti que tu abuela?

Un silencio tenso descendió entre ellos antes de que Rocco le espetara en un tono gélido:

–¿De qué diablos estás hablando?

–De que salieras corriendo a ver a esa mujer francesa después de besarme. De eso estoy hablando –respondió Emma subiendo la voz–. Me da igual lo que hagas o con quién, pero es imperdonable que dejaras a tu abuela sola, congelándose en este caserón.

–No la dejé sola –replicó Rocco, explotando de pronto–. ¿Y si esperases a conocer los hechos antes de lanzarte a hacer acusaciones injustas y ridículas?

–Tú mismo has dicho que ayer te fuiste a París.

–Sí, pero mi abuela ha estado todo el domingo con Jim y Nora Yaxley en su granja. Yo mismo la llevé allí por la mañana antes de volar con mi avión privado a París, donde pasé unas horas antes de volver por la tarde para recogerla. Esta mañana cuando me desperté me encontré con que la caldera se había estropeado –le explicó con aspereza–. Llamé a un técnico para que viniera a repararla, y cuando estaba enseñándosela mi abuela se pilló la mano con la puerta. Me aseguré de que no se hubiese roto los dedos, y luego encendí la chimenea del salón para que no se enfriara mientras iba a cortar más leña. No la he dejado sola en ningún momento.

Emma bajó la vista al suelo, deseando que se la tragara la tierra. Había vuelto a sacar conclusiones precipitadas, juzgando equivocadamente a Rocco.

–Por lo que me dijo tu abuela entendí que te habías ido a París después de que se pillara la mano con la puerta –murmuró–. Claro que la verdad es que parecía algo confundida. Lo siento.

Se mordió el labio. Se había equivocado, sí, pero aún estaba el hecho de que se había ido a París a ver a su amante y... Emma frenó sus pensamientos al tiempo que trataba de bloquear de su mente la imagen de la hermosa *mademoiselle* Pascal y de Rocco haciendo el amor.

De repente le ardía el estómago, pero no eran celos, se dijo con obstinación; algo de lo que había comido debía haberle caído mal. Desesperada por evitar el contacto visual, se puso a preparar té.

–Bueno, en cualquier caso ya estás de vuelta –dijo–. ¿Cuándo estará arreglada la calefacción?

–Le dije al técnico que no la arreglara. El problema no está solo en la caldera, también habría que cambiar todas las tuberías, y en una casa tan enorme como esta eso llevaría meses.

Emma parpadeó.

–Pero tu abuela no puede vivir aquí sin calefacción.

–Pues claro que no. Por eso estoy seguro de que estarás de acuerdo conmigo en que tengo que convencerla como sea para que se venga a vivir a Italia conmigo –Rocco tomó la bandeja que Emma había preparado y salió de la cocina.

Cuando estuvieron sentados en el salón y Emma sirvió el té, se hizo evidente que Cordelia era incapaz de sostener la taza con la mano que tenía hinchada, y que tampoco le resultaba fácil con la mano vendada.

–Espera, deja que te ayude –le dijo Emma, compadeciéndose de la anciana, que se obstinaba en demostrar que podía valerse por sí misma.

Rocco fue hasta la chimenea y se acuclilló para azuzar el fuego con el atizador y añadir otro tronco, no por que hiciera falta, sino para apartar la vista de su abuela. Aún le costaba hacerse a la idea de que estaba en el ocaso de su vida. Los ojos le picaban de repente, pero parpadeó con fuerza diciéndose que era solo por el humo de la chimenea.

Su mente voló al pasado. Había sido su abuela quien

lo había consolado en los oscuros días que habían seguido a la muerte de Gio, y quien había insistido en que aquel trágico accidente no había sido culpa suya. La había oído diciéndole a su madre que dejase de culparlo, que debería haber sido más responsable como madre y no cargar a un adolescente con el cuidado de un niño. En su abuela había tenido una amiga y una aliada cuando más lo había necesitado. Ahora era ella quien lo necesitaba, y no iba a fallarle.

Se incorporó y al volverse se quedó mirando a Emma, que estaba ayudando pacientemente a su abuela a tomar el té a sorbitos. Con él no podía ser más irritante, pero la delicadeza y el cariño con que trataba a su abuela lo conmovían.

Su abuela bajó la vista a sus manos malheridas y luego lo miró con resignación.

–Parece que no se me puede dejar sola, ¿verdad?

–Son cosas que pasan, *nonna*. Pero por suerte tengo la solución –dijo Rocco sin vacilación–. Emma ha accedido a venir a Portofino para cuidarte hasta que te recuperes. Y por supuesto llevará a Holly con ella –añadió para tranquilizar a la niña, que lo miró preocupada.

Vio a Emma tensarse de inmediato, pero antes de que pudiera decir una palabra su abuela le dirigió una sonrisa radiante de visible alivio.

–¡Ay, Emma, no sabes cuánto me alegra oír eso! Rocco había estado intentando convencerme de que me fuera a pasar una temporada con él, pero lleva una vida muy ajetreada, y temía sentirme sola. Pero si Holly y tú vais a estar conmigo será como unas vacaciones maravillosas... antes de que vuelva aquí –dijo recalcando las últimas palabras al tiempo que miraba a su nieto.

Rocco decidió que con la cabezonería de su abuela no sería muy prudente insistir en ese momento en que no podía seguir viviendo allí sola.

–Ya discutiremos eso cuando te hayas repuesto del todo –respondió. En vez de dirigirse a Emma, que parecía estar intentando fulminarlo con la mirada, se dirigió a Holly–. ¿Te gustaría venir a Italia y pasar una temporada en la casa que tengo junto al mar?

Holly puso unos ojos como platos y asintió.

–¿Y podremos bañarnos?

–Bueno, no sé si hará bastante calor para bañarse, pero podremos ir a la playa, y podrás jugar en los jardines con mi perro Bobbo.

«Estupendo», pensó Emma con amargura. Por si no bastaba con la promesa de que podrían ir a la playa, Rocco también tenía un perro. Holly estaría en el séptimo cielo. Miró la carita de emoción de su hija y el alma se le cayó a los pies. ¿Cómo podría negarse sabiendo que decepcionaría a Cordelia y a Holly? Miró furibunda a Rocco, que sabía muy bien que no podría negarse.

–¿Podemos hablar en privado un momento para discutir los detalles del viaje? –le preguntó en un tono edulcorado para que Cordelia no se diese cuenta de que quería matar a su nieto.

–Pues claro –respondió él con una sonrisa de lo más falsa.

Salieron del salón, y cuando Rocco hubo cerrado la puerta lo increpó en un siseo:

–¿Cómo has podido? Creía haberte dejado bien claros los motivos por los que no podía ir. No tenías derecho a utilizar a mi hija para salirte con la tuya. Eso es chantaje emocional.

Rocco se encogió de hombros.

–En los negocios empleo cualquier medio para conseguir cerrar un trato y lo mismo se aplica a mi vida privada. Quiero que seas tú quien cuide de mi abuela hasta que se haya repuesto, aunque para ello tenga que recurrir a la coacción. Y si lo que te preocupa es tu trabajo aquí, en Northumbria, no tienes por qué; ya lo he solucionado –añadió Rocco.

–¿Qué quieres decir?

–He hablado con el director del hospital para el que trabajas, el señor Donaldson, y hemos acordado que te dé un permiso de tres meses sin paga. Se mostró muy dispuesto a cooperar; sobre todo después del generoso cheque que le firmé como donación para el hospital.

Lejos de sentir gratitud por que hubiera resuelto uno de los motivos por los que había rechazado su oferta, su intromisión enfureció a Emma.

–Para ti los demás solo somos marionetas, ¿no es así? –lo increpó–. Crees que el tener dinero te da derecho a manipular mi vida a tu antojo. Pues si quieres saber la verdad, no quiero a mi hija en tu villa. El picadero de un playboy no es un lugar apropiado para una niña –ignoró la expresión contrariada de Rocco y añadió–. ¿También estará allí esa Juliette Pascal? ¿O alguna de tus otras amiguitas? Porque por lo que se dice parece que es frecuente que alternes entre unas y otras.

–¡Qué visión tan halagadora tienes de mí! No, Juliette no estará en Villa Lucia porque ayer puse fin a nuestra relación. Y de hecho ni siquiera podría decirse que tuviéramos una relación. Los dos llevamos una vida muy ajetreada, y de vez en cuando nos veíamos si coincidíamos en la misma ciudad. Era un arreglo que nos iba bien a los dos –le explicó–. Y puedo asegurarte que eso de que estoy con varias mujeres a la vez es completamente falso. Después de besarte el sábado por la noche lo correcto era que rompiera con Juliette, pero no me parecía que hacerlo por teléfono fuera apropiado.

Esa revelación dejó muda a Emma. El hecho de que hubiera cortado con ella en persona y no por teléfono le inspiraba respeto, pero no pudo evitar preguntarse si se habría acostado con la bella modelo el día anterior, una última vez en honor a los viejos tiempos. De nuevo sintió como si tuviera una bola de fuego en el estómago.

–¿Has cortado con ella por un beso? –inquirió, tratando de parecer indiferente–. ¿No fuiste tú quien dijo que no era para tanto? –añadió, mordiéndose el labio sin darse cuenta–. No significó nada para ninguno de los dos.

–Veámoslo.

El cambio en su voz, que de repente había sonado más profunda, debería haber puesto a Emma sobre aviso, pero Rocco se movió tan deprisa que no tuvo tiempo de reaccionar. Un brazo le rodeó la cintura, atrayéndola hacia sí, y la mano libre la tomó de la barbilla antes de que su boca cubriera la de ella.

Y esa vez no fue un beso lento y seductor. Fue brusco e insistente, fruto de la frustración provocada no solo por la tozudez de Emma, sino también por el hecho de que desde el primer beso había estado deseando volver a besarla.

Al sentir sus suaves curvas contra su cuerpo una ráfaga de deseo se disparó por sus venas. Su mano abandonó la barbilla de Emma para enredarse en sus cabellos, y tiró de su cabeza hacia atrás para poder explorar su dulce boca.

Desesperada, Emma luchó contra la tentación de rendirse a él, de abandonarse al placer de aquel increíble beso. La parte lógica de su cerebro le recordó que no quería aquello, que su vida iba muy bien sin pasión y sin deseo. Esas emociones no le habían acarreado más que dolor en el pasado, y sería una tonta si se dejase embrujar por ellas de nuevo. Entonces, ¿por qué en vez de apartar a Rocco de un empujón, abrió los puños lentamente y puso las palmas de las manos contra su pecho?

Los insistentes y eróticos asaltos de su lengua acabaron con su débil resistencia. Un gemido escapó de su garganta, se estremeció, y empujada por una necesidad que apenas comprendía, le respondió afanosa.

Rocco, al sentirla capitular, la besó de un modo más sensual, y Emma se estremeció de nuevo cuando deslizó la mano por debajo del borde del jersey para acariciar la franja de piel desnuda sobre la cinturilla de los pantalones.

Emma se notaba la piel extraordinariamente sensible; tanto, que el roce de las yemas de sus dedos le produjo unos pinchazos exquisitos de placer. Rogó para sus adentros que su mano subiese un poco más, que se introdujese por debajo de su sujetador y tocase sus pechos. Se notaba los pezones endurecidos, y una humedad más que evidente entre las piernas, además de un ansia que solo podría aliviarse si apretase su pelvis contra los muslos de él.

Cuando Rocco de repente despegó sus labios de los de ella y se quedó mirándola a los ojos la pilló completamente desprevenida, hasta que se dio cuenta de que tenía los brazos alrededor de su cuello. Se apresuró a bajarlos, y las mejillas se le tiñeron de rubor. La única forma posible de defensa en ese punto era el ataque.

—¿Cómo te atreves a besarme otra vez?

Él la miró divertido.

—Tu indignación resultaría más convincente si no hubieses respondido a mi beso con tanto ardor.

Rocco la observó mientras se ponía bien el jersey, y el corazón le palpitó de un modo extraño cuando vio que le temblaban las manos. La media melena que siempre llevaba tan bien peinada estaba revuelta, y le caía un mechón sobre la mejilla. Habría querido peinarle el pelo con las manos, acariciarlo, pero sabía que si lo hiciera Emma reaccionaría como una gata rabiosa.

«¡Qué estúpida!», se reprendió Emma furiosa consigo misma y cerrando los ojos, llena de vergüenza. Malo era que hubiera permitido que la besara de nuevo, pero peor aún que le hubiese respondido de aquel modo, y que hubiese sido él quien hubiese puesto fin al beso.

A través de la puerta cerrada oyó a Holly cantando *Brilla, brilla, linda estrella*. Luego a su dulce voz se unió la voz temblorosa de Cordelia. ¿Cómo podría volver a entrar y decirles que no iban a ir a Italia?¿Pero cómo podría pasar tres meses en la villa de Rocco cuando le había faltado poco para suplicarle que le hiciera el amor allí mismo? Inspiró profundamente y se obligó a mirarlo a los ojos.

–Iré a Portofino por tu abuela –dijo intentando recomponer su maltrecha dignidad–. Con gusto seré su enfermera particular y su acompañante, pero no consentiré que hagas conmigo lo que quieras.

–Si hubiera hecho contigo lo que quisiera, *cara*, te aseguro que ahora mismo no estarías frente a mí completamente vestida –replicó él en un tono meloso.

Luego, ignorando los puñales que le estaba clavando ella con la mirada, metió la mano en el bolsillo de los vaqueros y sacó un papel doblado que le tendió a Emma.

Ella lo desdobló y vio que era un cheque. Se quedó mirándolo un momento y después lo miró a él.

–No entiendo para qué es esto.

–Es tu salario de los próximos tres meses.

–No seas ridículo. Esto es lo que gano en un año.

Rocco se encogió de hombros.

–Quiero que mi abuela tenga la mejor atención. Sé que harás todo lo posible para que esté cómoda y contenta, y por eso estoy dispuesto a pagarte bien.

–Me niego a aceptar tanto dinero –Emma sacudió la cabeza y partió el cheque por la mitad–. No tienes que sobornarme; le tengo mucho cariño a tu abuela y quiero cuidar de ella. Me basta con cobrar lo que me pagan al mes en el hospital.

Rocco se quedó mirándola lleno de frustración. ¡Y él que pensaba que su abuela era cabezota! Emma la superaba con creces.

–Pero con ese dinero podrías pagar la entrada para comprar Primrose Cottage y Holly y tú podríais seguir viviendo allí.

–No –respondió ella con firmeza. No iba a considerarlo siquiera–. Además el casero ya la ha vendido. Un día tendré los ahorros suficientes para tener una casa en propiedad, pero quiero ganarme ese dinero, no que me lo regalen. No quiero sentirme en deuda con nadie –vaciló un instante antes de añadir–: Y tampoco quiero tener nada contigo. Así que si creías que podías comprarme para que...

–¡*Madre de Dio!* –masculló Rocco furioso–. Me estás insultando, Emma: nunca he pagado por estar con una mujer –dijo mirándola con altivez. Apretó la mandíbula, y añadió–: No negaré que te deseo, pero cuando vengas a mi cama, será por tu propia voluntad.

Su arrogancia enfureció a Emma, pero se enfadó aún más consigo misma por la ola de excitación que la invadió al oír esas palabras.

–Eso no va a pasar.

–¿Porque sigues enamorada de tu marido? –inquirió él.

«¿Qué diablos te pasa, Rocco?», se preguntó, profundamente irritado. El mundo estaba lleno de mujeres atractivas que estarían encantadas de compartir su cama. ¿Por qué se estaba obsesionando con aquella mujer obstinada y peleona que lo desafiaba constantemente?

Emma se mordió el labio.

–Mi difunto marido es la razón por la que me niego a tener nada contigo, ni con otro hombre –respondió vagamente en un tono quedo.

–¿Crees que hubiera querido que te condenaras a estar sola el resto de tu vida?

–Tengo que pensar en Holly. No quiero que entre un hombre en su vida, que se ilusione, y luego se lleve una decepción cuando nuestra relación se termine. ¿Es eso lo que sugieres?

–Por supuesto que no.

De pronto se abrió la puerta del salón y apareció Holly.

–*Nonna* y yo queremos saber cuándo nos vamos a Italia –le preguntó a Rocco.

–Mañana –Rocco ignoró el gemido de indignación de Emma y sonrió a la pequeña.

Los grandes ojos grises de la niña, tan parecidos a los de su madre, lo miraron preocupados.

–¿Y Thomas puede ir también?

–No, a los gatos no les gusta viajar en avión; se va a quedar en la granja de los Yaxley.

Cuando Holly corrió a repetir su respuesta a Cordelia, Emma miró furibunda a Rocco.

–No podemos salir mañana. Tengo que hacer un montón de cosas; preparativos que...

–Lo único que tienes que hacer es meter en una maleta lo que vayáis a necesitar Holly y tú. Haz una lista con esas cosas que necesitas dejar solucionadas antes de irte y mi secretaria se encargará de todo. Deja de buscar dificultades que no existen –le dijo Rocco–. Como la calefacción no funciona voy a llevar a mi abuela a pasar la noche en el hotel Royal Oak, pero no podemos quedarnos más tiempo; tengo asuntos urgentes de los que ocuparme en Italia.

–Pero... –comenzó ella de nuevo.

Sin embargo, Rocco entró en el salón, dejándola con la palabra en la boca. ¡Qué hombre tan irritante! Solo eran tres meses, se recordó. «Sí, tres meses viviendo bajo el mismo techo que Rocco y viéndolo todos los días», añadió una vocecilla cruel en su mente. Solo podía rezar por que sobreviviera a esos tres meses sin acabar con el corazón hecho pedazos.

Capítulo 6

MIRA, mami, el mar! –Holly entró como un torbellino por la puerta que conectaba su habitación con la de su madre en Villa Lucia, y señaló la ventana muy excitada–. Es azul –observó apretando la nariz contra el cristal.

–Ya lo creo que lo es; casi tanto como el cielo. ¿Verdad que es precioso?

Cuando fue junto a su hija no pudo evitar comparar las relucientes aguas azul cobalto de la Bahía de Tigullio con las de la costa de Northumbria, que tenían un color acerado.

La villa de Rocco se alzaba sobre la ladera de una colina, y tenía una panorámica espectacular del pintoresco pueblo pesquero de Portofino con la bahía y las montañas con una densa masa de pinos que la rodeaban. Justo frente a la casa había una serie de jardines en forma de terrazas, en la última de las cuales se veía una piscina enorme. Y si uno seguía bajando la vista se veía el puerto, con docenas de embarcaciones y bonitos edificios pintados en colores pastel. Los frontales de las tiendas estaban protegidos del sol por toldos de rayas que agitaba la brisa.

–¿Vamos a ir a nadar?

Emma sonrió al ver la expresión esperanzada de su hija.

–En el mar aún no –le dijo con dulzura–. ¿Te acuerdas que Rocco dijo que el mar todavía estaba demasiado frío para bañarse? Pero cuando tosas menos podremos ir a la piscina porque el agua se puede calentar, ¿sabes?

Holly se olvidó de sus ansias por ir a nadar cuando vio al labrador de color chocolate que estaba correteando por el césped.

–¡Ahí está Bobbo! –exclamó–. Rocco me ha dicho que podía llevarle el desayuno –dijo muy contenta.

–Después de que tú hayas desayunado –respondió Emma con firmeza.

Exhaló un suspiro. A los cinco minutos de llegar a Villa Lucia Holly ya se había encariñado del perro de Rocco. Por no mencionar la adoración que parecía sentir hacia su dueño. Le preocupaba el disgusto que se llevaría cuando tuviesen que volver a Inglaterra.

Pero no servía de nada ponerse a pensar en eso en ese momento, se dijo mirando no al perro, sino al hombre alto y atlético que estaba lanzando una pelota para que la atrapara. Por el atuendo de Rocco, camiseta de tirantes, pantalones cortos y zapatillas de deporte, dedujo que había salido a correr. Aquella ropa deportiva revelaba un físico espectacular: anchos hombros, esculpidos bíceps y unos muslos musculosos. Su piel aceitunada mostraba un bronceado uniforme y el cabello negro, húmedo por el sudor, relucía como el azabache al sol.

Su cuerpo era una auténtica obra de arte, como una escultura de Miguel Ángel. Pero al contrario que las obras del famoso artista Rocco era de carne y hueso, pensó recordando cómo se había sentido cuando la había tomado entre sus brazos y había devorado sus labios. Sus pezones se endurecieron, y para su espanto de pronto Rocco alzó la vista hacia la casa y levantó la mano para saludarlas.

Holly agitó su manita entusiasmada, pero Emma se

apresuró a apartarse de la ventana, azorada de que la hubiese pillado mirándolo. Suerte que no podía imaginar que había estado imaginándolo en el cuarto de baño, quitándose la ropa para darse una ducha, y después bajo el chorro de agua, deslizando una pastilla de jabón por los firmes músculos de su abdomen y luego más abajo...

–Vamos, tenemos que ir a ver si Cordelia necesita algo y luego bajaremos las tres a desayunar –le dijo a Holly.

Con un poco de suerte tal vez Rocco se tomase su tiempo para ducharse y vestirse y no lo vería antes de que se fuese al trabajo. Por el momento su plan de tener el menor contacto posible con él estaba funcionando, aunque tenía la sospecha de que él también quería que su relación no pasase de ser la de patrón y empleada.

Durante el vuelo a Génova en su avión privado la había tratado con cortesía, pero se había mostrado distante. Nada de flirteos, ninguna mirada furtiva... y su sonrisa cálida la había reservado para su abuela y para Holly.

Y eso era justo lo que ella quería, se dijo Emma, intentando convencerse. Había ido allí como enfermera de Cordelia, y se alegraba de que Rocco lo viera del mismo modo.

Tomó a Holly de la mano y fueron al dormitorio de la anciana, que estaba vistiéndose pero no lograba abrocharse los botones del vestido.

Después de ayudarla a hacerlo, Emma le cambió la venda de la mano.

–La quemadura tiene mucho mejor aspecto –le dijo–. Creo que podré quitarte la venda mañana. Así tendrás más movilidad en los dedos, pero me temo que los de la otra mano todavía están demasiado hinchados para que los uses, y tardará en desaparecer el moretón.

–Me lo tengo merecido por ser una vieja tonta –respondió Cordelia–. No hago más que darle problemas a todo el mundo, y en especial a Rocco.

–No digas eso –la reprendió Emma con suavidad–. Además, Rocco está encantado de que hayas venido a pasar una temporada con él.

Tomaron el ascensor para bajar a la primera planta; la casa tenía cuatro, y Emma dudaba que Cordelia pudiera bajar tantas escaleras. Rocco le había dicho en un aparte el día anterior que había hecho que instalaran un ascensor hacía un par de años, cuando se había dado cuenta de que pronto su abuela no podría seguir viviendo sola en Nunstead Hall.

Cuando llegaron abajo estaba esperándolas Beatrice, la cocinera, que las condujo al comedor, una luminosa estancia con ventanales que se asomaban a los jardines, con el reluciente mar de zafiro en la distancia.

–He horneado bollos y hay fruta y yogur –le dijo a Emma–. Si necesita cualquier cosa para la *bambina* no tiene más que pedirlo.

–*Grazie*, está todo perfecto –respondió ella, maravillada por la amplia selección de fruta fresca que había sobre la mesa.

La sorprendió aún más el apetito con que desayunaron Holly y Cordelia. La pequeña tosía menos, y aunque probablemente era por el jarabe que le había recetado el médico, por primera vez en semanas sus mejillas estaban ligeramente sonrosadas.

–*Buongiorno*, damiselas –las saludó Rocco entrando en ese momento. Se acercó a su abuela y la besó en la mejilla–. Es un placer teneros en mi hogar.

El corazón de Emma empezó a palpitar más deprisa cuando lo miró, y se puso a limpiarle a Holly el yogur de la cara con la servilleta mientras se esforzaba por recobrar la compostura. No ayudaba mucho lo increíblemente guapo que estaba Rocco con unos chinos de color beige y un polo negro, y el pelo húmedo por la ducha.

Había dado por hecho que el director de una compañía iría a la oficina con traje, y Cordelia debía estar pensando lo mismo porque le dijo a su nieto:

–¿No me digas que eres uno de esos ejecutivos modernos que no llevan corbata en el trabajo, Rocco?

–Pues claro que no –murmuró él con una sonrisa–, pero hoy no voy a trabajar. Quiero asegurarme de que mis invitadas se aclimatan bien a Villa Lucia –sus ojos dorados se posaron de pronto en los de Emma–. ¿Has dormido bien?

Emma forzó una sonrisa para disimular el efecto devastador que tenía sobre ella.

–Muy bien, gracias –mintió.

No iba a decirle que había pasado otra noche dando vueltas en la cama porque no podía dejar de pensar en él.

–Si has acabado de desayunar me gustaría hablar contigo a solas un momento.

Sin esperar una respuesta se dio la vuelta y salió del comedor, con lo que no le quedó otra opción más que seguirlo. La condujo hasta su estudio, y tras cerrar la puerta y sentarse tras el escritorio le dijo:

–Estoy pensando en celebrar un cóctel de bienvenida para mi abuela. Invitaría a algunos amigos y vecinos, y quizá a algunos colegas de trabajo. ¿Crees que sería demasiado para ella? La veo tan frágil que no quiero que se canse demasiado.

–Bueno, creo que una fiesta en su honor le encantaría. A menudo habla de las fiestas que organizaban su marido y ella hace años en Nunstead Hall. Y seguro que disfrutaría poniéndose guapa para la ocasión.

Rocco asintió.

–Por supuesto tú tendrías que acompañarla a la fiesta –apuntó.

La idea de socializar con las amistades de Rocco hizo que a Emma se le cayera el alma a los pies. Ella no pertenecía a aquel mundo de gente rica y poderosa.

–No creo que sea necesario. Estaré a su disposición, por supuesto, por si en un momento dado se encontrara mal, pero como tú mismo has dicho tu abuela no necesita de una persona que esté pendiente de ella todo el tiempo.

A Rocco se le agotó la paciencia.

–*Dio*, Emma, ¿por qué contigo todo es una batalla? Eres mi invitada y como es natural tú también estás invitada a la fiesta. ¿Por qué esa obstinación en rechazar constantemente los puentes que te tiendo? –entornó los ojos–. Parece como si tuvieras miedo a confiar, ¿pero por qué?, ¿quién ha hecho que tengas tantos recelos?

–Nadie –replicó ella, poniéndose a la defensiva. Rocco le dirigió una mirada sardónica que la hizo sonrojar. Inspiró profundamente y le dijo–: Estoy segura de que podemos mantener una relación cordial durante mi estancia aquí.

Rocco se preguntó qué estaría pasando por su mente. Se sentía tentado de tumbarla en su escritorio, subirle el vestido hasta la cintura y demostrarle que estaba engañándose si de verdad creía que solo quería una relación cordial con él.

–¿Eras feliz con Jack? –inquirió abruptamente. De inmediato, tal como esperaba, Emma se puso tensa.

–Pues claro que sí.

Era una verdad a medias, añadió Emma para sus adentros. Ajena al hecho de que Jack le había sido infiel desde las primeras semanas de su matrimonio, había creído que eran felices. Habían habido algunas cosas que la habían preocupado, como lo irresponsable que Jack había sido con el dinero, pero pronto había aprendido a guardar su paga para poder pagar el alquiler y las facturas porque Jack había sido capaz de gastarse el salario de un mes en un solo día de compras. Ella lo había disculpado diciéndose que no podía luchar contra su naturaleza impulsiva.

De la misma manera, cegada por su amor por él había excusado su egoísmo, incluso en la cama, donde a menudo había pensado solo en su propio placer sin reparar en el de ella. «Viene cansado del trabajo», se había dicho en esas ocasiones, sin saber que antes había estado con una de sus amantes.

–Volviendo a lo de la fiesta –le dijo ansiosa por dejar atrás el tema de su matrimonio–, no tengo qué ponerme. No me invitan a muchos cócteles en Little Copton.

Rocco se encogió de hombros.

–Eso no es problema. Portofino tiene fama por sus boutiques. Esta tarde iremos de compras y yo cuidaré de Holly mientras tú te pruebas vestidos. No discutas, Emma –le advirtió al ver un brillo desafiante en sus ojos–. A Holly le gustará ver el puerto. Le he preguntado a mi abuela si querría venir también, pero me ha dicho que está un poco cansada y prefiere quedarse con Beatrice.

–Parece que lo tienes todo bajo control... como de costumbre.

Emma se giró sobre los talones para salir del estudio, pero se giró tan bruscamente que su cadera golpeó el borde del escritorio y cayó al suelo una fotografía enmarcada.

–Lo siento –murmuró agachándose para recogerla.

Respiró aliviada al ver que el cristal no se había roto. Era una foto de dos muchachos de pelo negro. El mayor estaba claro que era Rocco, ya de adolescente había sido guapísimo, pensó; el otro chico, varios años menor, se parecía mucho a él, y entonces recordó que Rocco había mencionado antes que tenía un hermano.

–¿Vendrá tu hermano también a la fiesta?

–No.

Intrigada por su cortante respuesta lo miró, y le pareció entrever una repentina desolación en sus ojos.

–Giovanni murió una semana después de que se tomara esa fotografía.

Emma parpadeó y bajó la vista a la fotografía.

–Cuánto lo siento; solo era un chiquillo –dijo tendiéndosela.

–Tenía siete años –reveló Rocco en un tono desapasionado.

Emma habría querido saber más de su hermano, pero por el modo en que se habían tensado las facciones de Rocco entendió que no quería hablar de él.

Rocco se puso de pie y fue a abrir la puerta.

–Tengo que trabajar un par de horas, así que tengo que pedirte que me dejes.

–Claro; cómo no –murmuró Emma, que a pesar de su curiosidad no tuvo más opción que salir del estudio.

Rocco cerró la puerta, se apoyó en ella, y miró la fotografía en su mano. Veinte años después todavía le dolía el corazón al pensar en Gio; jamás lo abandonaría el sentimiento de culpa por su muerte. Sin embargo, el destino se movía por curiosos vericuetos, y aunque había perdido a Gio volvía a tener un hermano de nuevo, o un hermanastro, para ser más específicos.

Marco era la viva imagen de Gio y lo necesitaba, igual que Gio lo había necesitado. Su hermanastro, hijo ilegítimo de su padre, estaba enfadado y confundido, y se mostraba reticente a los intentos de Rocco de acercarse a él, pero poco a poco y con paciencia se ganaría al chico.

Marco necesitaba una figura paterna, y él se había jurado darle todo su cariño y guiarlo en la vida como habría querido hacer con Gio. Por el momento había decidido no desvelar la identidad de Marco. Cuando se supiera que Enrico D'Angelo había tenido un hijo fuera de su matrimonio saltaría a todos los periódicos, y quería proteger a toda costa al chico de esos tiburones.

–Esto no tiene sentido –masculló Emma, cuando se detuvieron frente al escaparate de otra boutique. Los precios de los vestidos que llevaban los maniquíes eran exorbitantes–. No puedo permitirme esta ropa.

A lo largo de la calle se alineaban las más exclusivas boutiques y joyerías, junto con varias tiendas de artesanía. Emma, con sus viejos vaqueros y la sudadera que llevaba se sentía completamente fuera de lugar.

–Aquí no voy a encontrar un vestido –le dijo a Rocco. A él, en cambio, con su camisa y sus pantalones a medida, y las gafas de sol de diseño que ocultaban sus ojos, era evidente que le sobraba el dinero–. Tú y yo provenimos de dos mundos diferentes; yo no compro en esta clase de tiendas, sino en los grandes almacenes. Voy a llevar a Holly a ver los barcos del puerto. Vamos, cariño –dijo resistiendo el impulso de desenganchar la mano de su hija de la de Rocco.

Le preocupaba que su pequeña se encariñase con él y acabase con el corazón roto cuando llegase el momento de irse y no volviesen a verlo.

–Yo creo que mamá debería probarse ese vestido rosa, ¿tú qué dices? –le preguntó Rocco a Holly–. Las princesas se visten de rosa, ¿no?

Holly asintió y sus grandes ojos grises brillaron de excitación.

–Puedes ser una princesa, mami, como Cenicienta.

–¿No te remuerde la conciencia por manipular a una niña pequeña? –increpó Emma a Rocco entre dientes, con una mirada asesina.

–Yo no tengo conciencia, *cara* –respondió él con una sonrisa impenitente.

Empujó la puerta de la tienda y la hizo pasar dentro. Se dirigió en italiano a la elegante dependienta mientras Emma se sentía horriblemente incómoda con su ropa de rebajas. No tenía ni idea de qué le había dicho, pero unos minutos después la dependienta se acercó a ella con una selección de vestidos para que se los probase.

–Llevaré a Holly mientras a tomar un helado –le dijo Rocco–. Aquí tienes mi tarjeta de crédito. Escoge un par de vestidos y cárgalos a mi cuenta.

–¡Estarás de broma! No voy a dejar que me pagues la ropa que voy a ponerme.

–Considéralo una exigencia de tu trabajo –le recomendó él–. Te quiero en la fiesta, Emma, así que no salgas de aquí sin haber comprado algo.

Minutos después, cuando Emma fue al mostrador a devolver todos los vestidos a la dependienta, esta la miró contrariada.

–¿No le gusta ninguno, *signorina*?

–Son preciosos –le aseguró ella–, pero no me los puedo permitir.

Entre ellos estaba el vestido rosa al que Rocco se había referido frente al escaparate. Estaba hecho de gasa en un tono rosa pálido con unos tirantes muy finos adornados con pedrería. Era una obra de arte, elegante pero no demasiado llamativo. Se había enamorado de él nada más probárselo, pero costaba una fortuna, y dijera lo que dijera Rocco no iba a consentir que se lo pagara.

En vez de eso salió de la boutique y fue a una tienda que habían pasado antes donde la ropa tenía unos precios ligeramente más asequibles. El vestido azul oscuro que había en el escaparate era discreto y práctico. Podría ponérselo en multitud de ocasiones y así lo rentabilizaría, se consoló mientras lo pagaba.

Los empleados de Rocco se habían acostumbrado a verlo abandonar la oficina temprano los viernes por la tarde. Se especulaba mucho acerca de dónde iba, y el consenso generalizado era que probablemente a casa de una mujer, pero todo el mundo se cuidaba mucho de hacer comentario alguno cuando él estaba cerca.

Mientras atravesaba la ciudad de Génova en medio del denso tráfico, sin embargo, Rocco no estaba pensando en los chismorreos de la oficina sobre su vida privada.

Cuando aparcó junto al colegio solo quedaban unos pocos niños, entre ellos el pequeño Marco, de cabello negro y ojos ambarinos, exactos a los suyos, que se acercó de mala gana y con el ceño fruncido hasta su coche cuando lo vio llegar.

—Siento llegar tarde; he pillado un atasco tremendo —se disculpó Rocco cuando le abrió la puerta desde dentro.

Reprimió un suspiro cuando su hermano se subió al coche y le lanzó una mirada de suprema indiferencia antes de cerrar la puerta. El modo en que se cruzó de brazos y se quedó mirando el suelo era un gesto instintivo de defensa.

—Ya te lo dije: no tienes que venir. Vuelvo andando a casa todos los días —dijo el chico lanzándole una mirada rápida—. Creía que no ibas a venir, y no me habría importado.

A pesar de su beligerancia Rocco advirtió en su voz una nota de incertidumbre, y se le encogió el corazón.

—Te dije que vendría a recogerte todos los viernes y lo haré —le prometió.

Los ojos de Marco, ensombrecidos por un dolor con el que no debería tener que cargar un chico de siete años, lo miraron con enfado. A Rocco no le sorprendía su actitud. Hasta hacía cuatro meses Marco no había sabido que era el hijo de Enrico D'Angelo, ni que tenía un hermano.

Rocco ignoraba qué motivos habían llevado a su padre a pedirle en su lecho de muerte que buscara a su hijo ilegítimo. Probablemente se sintiera culpable por haberle dado la espalda a la madre del niño, la que una vez había sido su amante, al saber que la había dejado embarazada.

Marco solo había visto a su padre una vez antes de que muriera, y estaba claramente traumatizado, resentido, y decidido a proteger a su madre, que había luchado para criarlo sin ninguna ayuda de su rico examante.

—¿Por qué vienes? —le preguntó de repente—. Mi madre y yo no necesitábamos a Enrico, y tampoco te necesitamos a ti.

—Eres mi hermano y me gusta poder verte y charlar contigo —le dijo Rocco suavemente—. Nuestro padre no hizo bien en daros la espalda a tu madre y a ti, y creo que es mi deber ayudar a tu madre hasta que seas mayor de edad. Pero por encima de todo quiero que seamos amigos, Marco —vaciló un instante, recordando la conversación que había tenido recientemente con su madre, Inga Salveson—. Tu madre me dijo que está pensando en volver a Suecia, y por supuesto te llevaría con ella, pero solo a menos que decidas que no quieres saber nada de tu abuelo y de mí. Eres tú quien debes decidir si quieres o no ser un D'Angelo.

Por primera vez vio un brillo de curiosidad en los ojos recelosos del chico.

—¿Mi abuelo sabe algo de mí?

—No, todavía no. Silvio es un hombre anciano y no

ha estado muy bien de salud últimamente. No quería decirle que tiene otro nieto hasta que tú estés seguro de que quieres conocerlo. Se llevaría un gran disgusto si al final decides que no quieres conocerlo.

Desearía poder hablarle a su abuelo de Marco. Estaba más fuerte que hacía unos meses, tras la operación de corazón a la que se había sometido, pero los médicos le habían aconsejado que no debía recibir ninguna noticia que lo alterase, y por eso el decirle que tenía un nieto ilegítimo era absolutamente impensable hasta que no estuviese repuesto. Pero sobre todo necesitaba que Marco lo tuviera claro antes de hacer nada.

El labio inferior de Marco tembló; la coraza estaba resquebrajándose.

—No sé qué hacer —balbució con las lágrimas colgando de sus pestañas. De pronto la rebeldía se había esfumado, dando paso a un chiquillo confundido—. Mi padre está muerto y ni siquiera llegué a conocerlo —dijo sollozando—. No quiero que le hables de mí todavía al abuelo, pero a lo mejor algún día quiero conocerlo.

Una lágrima rodó por su mejilla. Rocco, a quien se le había hecho un nudo en la garganta, tragó saliva. La ira que sentía hacia su padre por lo irresponsable que había sido, se tornó en compasión hacia aquel pequeño que apenas había tenido tiempo de conocer a su padre antes de perderlo. No le sorprendía que Marco fuera tan desconfiado.

Dejando a un lado la cautela con que trataba al chico normalmente, le rodeó los hombros con el brazo.

—Lo que tú quieras, Marco —le dijo—. Te prometo que no le diré a nadie que eres hijo de Enrico hasta que tú no estés conforme con que lo haga. Y ahora... —añadió con una sonrisa para intentar disipar la tensión del momento—, ¿qué te parece si nos vamos a tomar un helado?

—Bueno —murmuró Marco, enjugándose las lágrimas

con la mano. Y por primera vez le devolvió la sonrisa a su hermano.

Los preparativos del cóctel estaban ya muy avanzados cuando Rocco llegó a Villa Lucia esa tarde. Los miembros del servicio comandados por Beatrice estaban empleándose a fondo para que la fiesta en honor de su abuela fuera un éxito.

Beatrice se había superado en esa ocasión, se dijo cuando volvió abajo después de darse una ducha y cambiarse. La casa estaba preciosa y muy acogedora. Enormes jarrones de rosas y lirios decoraban el vestíbulo, inundando el aire con su fragancia, mientras que docenas de velas titilaban suavemente repartidas aquí y allá. Dentro de quince minutos empezarían a llegar los invitados. Las botellas de champán estaban metidas en hielo, y los camareros contratados para la ocasión servirían una selección de canapés.

Había sido un buen día, y parecía que había dado un paso en la buena dirección con Marco. Estaba a punto de ir en busca de su abuela cuando una voz irritada detrás de él lo detuvo.

–¿Dónde está mi ropa?

Rocco se volvió y vio a Emma bajando por la escalera. Sus ojos grises relampagueaban.

–Este vestido no es mío –dijo cuando llegó abajo, señalando el vestido rosa que no había querido comprar–, ni ninguna de las prendas que han aparecido como por arte de magia en mi armario.

Emma inspiró profundamente, tratando de controlar la ira que se había apoderado de ella cuando había ido a ponerse el vestido que había comprado y se había encontrado con que no estaba, y que su ropa había desaparecido y había sido reemplazada por docenas de espectaculares conjuntos, muchos de los cuales se había probado hacía unos días en aquella boutique.

–¿A qué estás jugando, Rocco?

–Te he comprado esa ropa porque no podías pasarte los próximos tres meses con lo que tú habías traído –le explicó él muy calmado–. Por una parte no necesitarás ropa de tanto abrigo. Y por la otra... –sus ojos se deleitaron en su sedosa media melena y en los elegantes hombros–... es un crimen que ocultes esa figura bajo una ropa tan poco favorecedora.

El cuerpo del vestido tenía un corte perfectamente estudiado que levantaba los senos, dejando al descubierto la suave curva superior en toda su abundante gloria. A Rocco se le hizo la boca agua imaginándose que le bajaba los tirantes hasta esos firmes montículos y hacía que se desparramasen en sus manos. Bajó la vista un poco más, fijándose en la delicadeza con que el vestido de gasa caía sobre sus caderas y acababa a solo unos centímetros de sus rodillas. Finalmente, las sandalias plateadas de tacón que adornaban sus pies hacían aún más bonitas sus largas piernas.

–*Sei bella* –murmuró Rocco. Una ráfaga de deseo lo sacudió, y notó una incómoda tirantez en la entrepierna–. Sabía que ese vestido te quedaría bien, pero debo decir que supera con creces mis expectativas, *cara*.

Tanto que la habría alzado en volandas para llevarla arriba, le habría arrancado el vestido y le habría hecho el amor, pero tenía que pensar en su abuela, y la fiesta, y en sus deberes como anfitrión. Tenía que controlar su libido.

–Esa ropa es una muestra de agradecimiento por todo lo que has hecho por mi abuela, y también por haber accedido a venir a Italia.

Emma sacudió la cabeza.

–No puedo aceptarla; con lo que me pagas ya es más que suficiente.

No fue capaz de disimular el pánico que se traslucía en su voz. No quería sentirse en deuda con Rocco.

–¿Tanto te cuesta aceptar un regalo?

Rocco había pronunciado esas palabras en un tono tan amable que minó sus defensas y de pronto Emma sintió que le picaban los ojos. No podía llorar delante de él, pero sentía una necesidad inexplicable de confiar en él y contarle que por culpa de Jack había perdido el placer de recibir regalos.

Le había hecho muchos durante los años que habían estado casados, y ella ingenuamente había creído que esa generosidad era un signo de su amor por ella, pero tras su muerte había descubierto que las flores y los frascos de perfume no habían sido más que una forma de acallar su conciencia después de acostarse con una de sus muchas amantes.

Cerró los ojos, intentando bloquear el recuerdo del dolor que Jack le había causado, y cuando los volvió a abrir allí seguía Rocco, tan increíblemente guapo con pantalones negros a medida y camisa de seda blanca. Sus ojos dorados la observaban fijamente, como los ojos de un tigre acechando a su presa.

–¿Qué quieres de mí? –le preguntó en un susurro, desesperada.

Rocco alargó la mano y apartó un mechón de su rostro. Fue un contacto tan leve como el roce de las alas de una mariposa sobre su mejilla, pero Emma se sintió como si la hubiese marcado a fuego.

Rocco no podía decir ya que lo único que quería era satisfacer su deseo; había mucho más.

–Una oportunidad para ganarme tu confianza –le dijo.

–¿Por qué? –inquirió ella con una mezcla de temor y confusión.

Parpadeó para contener las lágrimas, sin saber que

Rocco ya las había visto y que el verlas había hecho que se le encogiese el corazón.

–Podrías tener a cualquier mujer –murmuró.

Ya la había embaucado una vez un atractivo guapo donjuán; no podía cometer el mismo error otra vez.

–Te deseo –dijo él con voz ronca, deslizando la mano hasta su nuca.

Una vocecilla advirtió a Emma de que debería apartarse de él, en ese mismo instante, pero los ojos dorados de Rocco la tenían hipnotizada, y se quedó mirándolos impotente mientras él inclinaba la cabeza.

Fue un beso de una ternura tan inesperada que a Emma le llegó al alma. Los labios de Rocco acariciaron los suyos sensualmente, con pasión contenida; apenas contenida.

Emma se estremeció cuando la atrajo hacia sí, y admitió para sus adentros que estaba perdiendo la batalla que estaba librando consigo misma. Aquello era lo que quería: estar entre sus brazos, sentir sus labios sobre los suyos...

Levantó los brazos y le rodeó el cuello con ellos. El gemido que abandonó la garganta de Rocco cuando entreabrió los labios hizo que un escalofrío de excitación le recorriese la espalda.

De pronto se oyó un crujir de neumáticos sobre la gravilla del camino que conducía a la casa, y luego el ruido de puertas de coches cerrándose y un murmullo de voces. Rocco separó de mala gana sus labios de los de ella, irritado por la interrupción y se quedó mirando a Emma a los ojos. El pánico que había visto en ellos hacía unos instantes había sido reemplazado por una bruma sensual.

–¿Me creerás al menos si te digo que jamás te haría daño intencionadamente? –le dijo soltándola.

Emma se mordió el labio y exhaló un suspiro, pero no respondió.

–Tengo que ir a recibir a los invitados –dijo Rocco.

–Y yo tengo que... voy a subir a ver a Holly –balbució ella, girándose hacia las escaleras.

La pequeña se había quedado dormida tan pronto como se había metido en la cama y la había arropado, pero aquella excusa le dio a Emma unos minutos a solas para poder recobrar la compostura.

Cuando salió del dormitorio de la pequeña se miró en el espejo del pasillo para ver si necesitaba arreglar su maquillaje. Sus ojos tenían un brillo especial, y sus labios estaban algo hinchados por el beso de Rocco. Sacó el brillo de labios del bolso y se lo aplicó con dedos temblorosos.

¡Confianza!, pensó riéndose para sus adentros. Rocco no sabía lo que estaba pidiéndole. Después de lo que le había hecho Jack no había creído posible volver a confiar en ningún hombre, pero Rocco le había asegurado que no le haría daño. También le había ofrecido amistad, aunque el deseo en sus ojos le había prometido algo más.

Durante tres años se había escondido del mundo en un remoto pueblecito de Northumbria y había vivido por y para su hija. Se había sentido segura, aunque a veces también algo sola. Rocco la había obligado a ver que no quería pasar el resto de su vida escondiéndose. ¿Pero tenía el valor suficiente para darle una oportunidad, abandonando esa seguridad y arriesgando su estabilidad emocional?

Capítulo 7

PARA alivio de Emma, los invitados a la fiesta de Cordelia no eran tan sofisticados como había esperado. Rocco había invitado a amigos y vecinos de distintas edades, incluida una pareja de jubilados que se habían mudado a Italia hacía unos años.

–Mi marido y yo vivimos en la costa de Rapallo. De hecho hay bastantes ingleses como nosotros en la zona –dijo la mujer, Barbara Harris–. Andrew y yo celebramos una partida de bridge una vez a la semana; nos encantaría que te unieras a nosotros, Cordelia.

–Gracias –respondió la abuela de Rocco, que parecía encantada con la invitación–. Me gusta jugar a las cartas. Incluso pertenecía al club de bridge de Little Copton, pero como ya no conduzco no puedo ir a jugar –añadió con una sonrisa triste–. Sería estupendo.

El ir a Portofino había sido lo mejor para Cordelia, pensó Emma. Se la veía ya mucho menos frágil tras una semana de disfrutar del sol primaveral en los jardines y las deliciosas comidas que preparaba Beatrice. Se estaba adaptando tan bien a aquello que quizá Rocco lograse convencerla después de todo para que se quedase a vivir allí.

Rocco... Sin querer, Emma se encontró pensando en el dulce beso que habían compartido antes de la fiesta. «¡No! Aparta eso de tu mente», se ordenó. Rocco la había besado porque quería llevársela a la cama, nada más. Sin embargo, no podía dejar de darle vueltas a sus palabras. Si llegase a tener algo con él, y era una suposición muy remota, no debería olvidar que aquello sería solo sexo, algo que no significase nada para ninguno de los dos.

Rocco estaba en el otro extremo del salón, charlando con unos vecinos y su atractiva y joven hija. Como si tuviese un sexto sentido, giró la cabeza de repente y sus ojos se encontraron. Azorada de que la hubiese pillado mirándolo una vez más, notó que los colores se le subían a la cara. El magnetismo que Rocco ejercía sobre ella era tan fuerte, que por un instante pareció como si el resto de la gente se difuminara, junto con el murmullo de voces, y el tintineo de las copas de champán.

No sabía cómo podría siquiera considerar la idea de tener un idilio con él cuando perdía la compostura solo con que la mirara desde la otra punta de una habitación llena de gente. Era demasiado arriesgado.

Tal vez las cosas serían distintas si solo dependiese de ella, pero tenía que pensar en Holly. Su hijita se llevaría un gran disgusto cuando Rocco desapareciese de sus vidas.

–¿Es o no es guapísimo nuestro anfitrión? –murmuró una voz a su lado.

Emma dio un ligero respingo y forzó una sonrisa para ocultar su turbación cuando miró a la mujer que había pronunciado esas palabras, Shayna Manzzini. Su marido, Tino, era uno de los ejecutivos de Eleganza, y buen amigo de Rocco. A Emma Tino le había caído bien desde el primer momento, pero no tanto su esposa canadiense. Shayna había renunciado a su carrera de modelo al casarse, pero aún conservaba una figura espectacular. La elegante morena era una belleza, pero tenía todo el tiempo una expresión de permanente irritación.

–Pobre tonta –dijo Shayna en son de burla–, cualquier mujer que se enamore de Rocco acabará llevándose una chasco. No se puede domesticar a un tigre.

Por un momento Emma sintió muchísima vergüenza, creyendo que se refería a ella, pero luego se dio cuenta de que estaba hablando de la hija de los vecinos de Rocco. La chica debía tener diecisiete o dieciocho años, era increíblemente bonita, y era evidente que el carisma de Rocco la tenía hipnotizada. No podía apartar los ojos de él, y no hacía más que echarse hacia atrás la oscura melena rizada. Todavía no era muy ducha en el arte del flirteo.

–Chiara no tiene la más mínima posibilidad –continuó Shayna con desdén–. A Rocco no le van las chiquillas. Pero dale un par de años y tal vez consiga captar su interés durante una semana o dos –miró a Emma con una media sonrisa–. Fuimos amantes hace unos años, pero duró poco. Los idilios de Rocco siempre son breves –añadió con sarcasmo–. Cuando vi que la cosa se acababa decidí conformarme con Tino. Si no puedes tener lo mejor... ya sabes –dijo encogiéndose de hombros–. En fin, las modelos tenemos que retirarnos siendo aún muy jóvenes, y aunque Tino no era un multimillonario ni mucho menos, sabía que a su lado no tendría que preocuparme por el dinero.

Espantada por lo calculadora que era aquella mujer, y que además lo confesase sin pudor, a Emma no se le ocurrió nada que decir. El imaginarse a Shayna y Rocco como amantes estaba haciendo que se le revolviera el estómago. ¿Cuántas de las mujeres que estaban allí esa noche habrían pasado por su cama?, se preguntó paseando la vista por el salón, y fijándose en varias invitados excepcionalmente hermosas.

En el funeral de Jack también había mirado a su alrededor, intentando adivinar con cuáles de las mujeres allí presentes se habría acostado mientras había durado su matrimonio. El dolor por su muerte se había mezclado con la ira y la humillación por sus infidelidades y se había jurado que nunca volvería a pasar por algo así.

–Lástima que Rosalinda Barinelli no comprendiera la regla de oro de Rocco: nada de compromisos –dijo Shayna, irrumpiendo en los pensamientos de Emma.

–¿A qué te refieres? –inquirió sin poder disimular su curiosidad, aunque tenía el presentimiento de que no le iba a gustar la respuesta–. ¿Quién es Rosalinda Barinelli?

–Es, o más bien era, una actriz italiana con mucho talento y una prometedora carrera por delante... hasta que conoció a Rocco. Hace un año tuvieron un idilio, y cuando Rocco puso fin a la relación Rosalinda intentó suicidarse con una sobredosis de pastillas. Oh, sobrevivió –aclaró Shayna cuando Emma gimió horrorizada–, pero no ha vuelto a trabajar desde entonces. Dice que él le prometió que se casarían, pero me cuesta creerlo –admitió–. Rocco es el arquetipo por excelencia de playboy, y es bien conocida su alergia al compromiso. Claro que es posible que le pusiera un cebo para llevársela a la cama.

Emma tragó saliva.

–¿Estás sugiriendo que la engañó para hacerle creer que la quería?

Shayna volvió a encogerse de hombros con indiferencia.

–No puedo asegurarlo, pero a pesar de su encanto Rocco puede ser implacable cuando quiere algo. Y no puedo decir que me sorprenda, siendo como es nieto de Silvio D'Angelo, uno de los hombres de negocios con más poder de Italia. No se levanta una compañía como Eleganza siendo medroso, eso seguro. Y luego también hay que tener en cuenta la infancia y adolescencia que tuvo Rocco; él mismo me confesó una vez que ser testigo de la turbulenta relación de sus padres le hizo decidir que jamás se casaría.

Emma se pasó el resto de la tarde charlando y sonriendo hasta que le dolían las mejillas, y todo el tiempo se esforzó por evitar a Rocco. Pasaban de las once cuando los últimos invitados se marcharon y ella acompañó a Cordelia, cansada pero feliz a su dormitorio.

–Me ha encantado conocer a los amigos de Rocco. Ha sido tan bueno organizando esta fiesta para mí. Siempre ha tenido un corazón de oro –dijo la anciana. Luego, sin embargo, su rostro se entristeció y exhaló un suspiro–. Lo pasó muy mal cuando murió Giovanni. Fue un accidente, pero Rocco siempre se ha culpado por ello.

–Su hermano era solo un chiquillo cuando murió, ¿verdad? –inquirió Emma en un murmullo mientras colgaba el vestido de Cordelia en el armario.

–Sí, pobrecito. Gio era un niño que necesitaba mucha atención. Le diagnosticaron autismo leve, y mi hija no podía con él. Lo dejaba a cargo de Rocco con demasiada frecuencia.

–¿Y qué fue lo que pasó? –inquirió Emma, sin poder reprimir su curiosidad–. ¿Cómo murió Giovanni?

–Los chicos habían venido a Nunstead Hall para pasar las vacaciones de Navidad. Aquel fue un invierno muy frío, y el lago se había helado –recordó Cordelia–. A Gio le habíamos dicho una docena de veces que no caminara sobre el hielo, pero los niños no son conscientes del peligro. Rocco casi perdió la vida también intentando salvarlo. El jardinero tuvo que sacarlo del agua helada y sujetarlo para que no tratase de meterse otra vez porque ya era demasiado tarde –explicó en un tono sombrío–. Gio debía haberse caído al hielo un buen rato antes de que Rocco lo viera porque ya estaba muerto.

–¡Qué espanto! –musitó Emma estremeciéndose.

–No estoy segura de que Rocco lo haya superado del todo –Cordelia, que llevaba un rato rebuscando en su bolso, suspiró con frustración y le dijo–. Emma, cariño, creo que debo haberme dejado las gafas de leer abajo.

–Iré por ellas.

Emma agradeció tener unos momentos a solas para intentar poner orden en sus pensamientos. En una sola tarde había oído dos historias contradictorias sobre Rocco. Por un lado, según su examante había engañado a Rosalinda Barinelli haciéndole creer que quería casarse con ella y luego, la había dejado cuando se había cansado de ella, rompiéndole el corazón. Por otro, en cambio, según su abuela, Rocco había estado dispuesto a sacrificar su vida para salvar a su hermano pequeño. ¿Cuál de los dos era el verdadero Rocco?, se preguntó. ¿El hombre cruel que había engañado a la pobre chica para llevarla a su cama, o el valiente héroe que no había podido ayudar a su hermano? Quizás los dos, se respondió, igual que Jack.

Las gafas de Cordelia estaban en una mesita del salón. Sonrió a la criada que estaba recogiendo las cosas de la fiesta, fue por las gafas, e iba a salir cuando la voz de Rocco la hizo detenerse.

–¿Huyendo de nuevo, Emma?

Al volverse lo vio entrando por el balcón. Las cortinas estaban echadas y no había visto que estaba fuera. Algo en su tono de voz le dijo que no estaba de buen humor.

–Había bajado por las gafas de tu abuela –explicó levantando la mano para mostrárselas.

–Maria se las llevará.

Se dirigió a la joven criada en italiano, y esta fue hasta donde estaba Emma para tomar las gafas antes de abandonar la estancia, cerrando la puerta tras de sí.

–¿Te apetece algo de beber? –le preguntó Rocco yendo hasta el bar para servirse otro brandy.

–No, gracias –murmuró Emma. Se notaba tan tensa como la cuerda de un arco ahora que se había quedado a solas con Rocco–. Estoy cansada y quiero irme a la cama.

Él le dedicó una mirada sardónica.

–Estoy seguro de que ha sido un día agotador para ti, sentada en el jardín con mi abuela, pero aun así me gustaría que me informaras al menos de los progresos de mi abuela. ¿Cómo va la quemadura de la mano?

–Se cura bien. Ahora que el riesgo de infección ha pasado ya no hará falta que siga llevando la venda, y ella dice que ya no le duele ni la mitad de lo que le dolía.

Rocco asintió.

–¿Y cómo la ves de salud, en general?

–Está mucho menos frágil, lo cual estoy segura de que se debe a que ahora está comiendo bien. Una de mis principales preocupaciones cuando vivía en Nunstead Hall era que no se molestaba en cocinar y solo tomaba té y tostadas –le explicó Emma–. Y parece que ha disfrutado mucho con la fiesta –añadió.

–Bien –Rocco se quedó mirándola, como pensativo–. ¿Y tú?, ¿has disfrutado de la fiesta? –vaciló un instante antes de añadir–: Te vi teniendo una larga conversación con Shayna.

Emma se sonrojó.

–Sí. Fue muy... instructiva.

–No lo dudo –murmuró Rocco con aspereza, maldiciendo para sus adentros.

Shayna era una chismosa de primera, y se apostaría el cuello a que era responsable del recelo con que Emma lo estaba mirando en ese momento.

–Me ha dicho que fuisteis amantes hace un tiempo.

–Nunca he llevado la vida de un monje –contestó él–, pero fue hace mucho tiempo.

Emma se encogió de hombros.

–En realidad no es algo que me interese.

–¿Ah, no? –inquirió él desafiante–. No es esa la impresión que tuve antes de la fiesta. De hecho, me dio la impresión de que estabas muy interesada, *cara*.

Emma volvió a sonrojarse, pero se obligó a sostenerle la mirada.

–Mi conversación con Shayna me recordó justo a tiempo la clase de hombre que eres.

Rocco frunció el ceño.

–Explícate. ¿Qué clase de hombre soy?

–Un hombre que hizo que una chica creyera que estaba enamorado de ella, y que cuando se cansó de ella y la dejó tirada, esa chica se quedó tan destrozada que intentó quitarse la vida.

Rocco sintió que una ráfaga de ira lo invadía, y se contuvo para no pegarle un puñetazo a la pared.

–Shayna habla de cosas que no sabe –dijo. Inspiró profundamente y añadió–: No es ningún secreto que tuve una relación con Rosalinda, y toda la prensa amarilla me culpó por su intento de suicidio, pero solo hay un puñado de personas que saben la verdad. Mis amigos, la gente que me conoce de verdad... nunca dudaron de mí –concluyó con aspereza.

Apuró su copa de un trago, la dejó sobre el mostrador del bar con un golpe y se dirigió hacia la puerta sin mirarla siquiera.

Emma se mordió el labio, recordando que ya el primer día lo había juzgado mal, y que lo había acusado de que no le importaba su abuela. ¿Podría ser que estuviese sacando de nuevo conclusiones erróneas?

–¡Rocco!

La mano de él estaba ya en el pomo de la puerta. Por un momento Emma creyó que iba a ignorarla, pero entonces giró la cabeza y le espetó:

–¿Qué?

La expresión furibunda de su rostro no era precisamente alentadora, pero murmuró:

–Toda historia tiene siempre dos versiones.

Rocco apretó la mandíbula.

–Pero tú has decidido creer las palabras de una mujer a la que acababas de conocer en vez de preguntar mi versión. Estoy empezando a pensar que es imposible que lleguemos a ser amigos; sobre todo cuando tú pareces decidida a creer lo peor que se pueda decir de mí.

–Lo siento –murmuró Emma agachando la cabeza.

–Conocí a Rosalinda durante un viaje de negocios en Roma –le explicó Rocco–. Ella estaba representando una obra en el Teatro Nazional. Nos presentaron en una fiesta después de la obra, y nos sentimos atraídos de inmediato el uno por el otro –le confesó con sinceridad–. Ella era bella, ambiciosa, y parecía extraordinariamente segura de sí misma. Actuar era su vida, me aseguró, y me dijo que no quería una relación seria hasta que su carrera no estuviese bien definida. Si hubiera imaginado siquiera por un momento la impresión de que esperaba de mí un compromiso, nunca habría iniciado una relación con ella. Parecía contentarse con que solo tuviéramos algo causal, y aun cuando puse fin a lo nuestro unos meses después no pareció tomárselo demasiado mal –las facciones de Rocco se ensombrecieron–. Fue espantoso cuando los padres de Rosalinda me llamaron para decirme que había intentado suicidarse, y que lo había hecho porque había roto con ella. Te juro que no le di ningún motivo para creer que estaba enamorado de ella. Ese amor que creía que había entre nosotros estaba solo en su imaginación. Sus padres se mostraron muy comprensivos conmigo y me explicaron que no era la primera vez que ocurría. Según parece le habían diagnosticado un trastorno bipolar y tenía tendencia a tener periodos de depresión y expectativas poco realistas de las relaciones personales. De hecho, sin que yo supiera nada había estado planeando nuestra boda... y hasta se había comprado el traje de novia –apartó la mirada de Emma. No quería ver la incredulidad y la repulsa que estaba seguro de que vería en sus ojos–. Si quieres saber la verdad, no pasa un solo día sin que me sienta culpable. Quizá no supe ver los signos de su fragilidad emocional, o tal vez, de algún modo sí que le hice creer, sin darme cuenta, de que sentía algo por ella.

–Lo dudo –contestó Emma en un tono quedo–. El trastorno bipolar es algo complicado, pero incluso las personas que no lo sufren a veces ven solo lo que quieren ver cuando están enamoradas.

Y al revés, añadió para sus adentros: había quien ignoraba los signos de advertencia de que su relación no era tan perfecta como querría. Como ella, que había excusado a Jack todo el tiempo porque quería creer que la quería. Ella mejor que nadie podía comprender por qué aquella chica se había engañado creyendo que Rocco sentía algo por ella.

Una vez más había vuelto a equivocarse con él. Quizá debiera darle un voto de confianza. ¿Por qué no tomar lo que estaba ofreciéndole y pasarlo bien durante el tiempo que estuviese en Italia? Pero hacer el amor con él sería renunciar al férreo control sobre sus emociones, y aquello la llenaba de temor. ¿Y si se daba cuenta de que el sexo no era suficiente para ella?, ¿y si llegados a un punto quería más de lo que él estaba dispuesto a darle? Podía acabar haciéndose daño.

Se puso tensa cuando Rocco se acercó a ella, y se esforzó en vano por mantener la calma cuando su cuerpo traicionero tembló por dentro por la fiera atracción que sentía hacia él.

–¿Qué edad tenías cuando conociste a Jack? –le preguntó, deteniéndose frente a ella.

Emma, que no se había esperado esa pregunta, frunció el ceño.

–Veinte; todavía estaba estudiando.

–¿Y habías tenido alguna otra relación antes de conocerlo?

–No, había salido con un par de chicos en el instituto, pero me tomaba muy en serio los estudios porque necesitaba sacar buenas notas para poder ir a la Escuela de Medicina, así que no tenía mucho tiempo para esas cosas. ¿Por qué lo preguntas?

–Porque se me estaba ocurriendo que, si no has salido con nadie desde su muerte, y tampoco tuviste ninguna relación seria antes de casarte, eso solo puede significar que fue él quien hizo de ti una persona tan desconfiada –entornó los ojos–. Solo que eso no tiene sentido porque parece que vuestro matrimonio era idílico. ¿Por qué no me cuentas la verdad, Emma?

¿De qué serviría que admitiese que el suyo no había sido un matrimonio ideal ni mucho menos?, se preguntó ella hastiada. Simplemente quedaría patente lo ingenua que había sido. Jack estaba muerto y ya no podía hacerle daño, pero si desvelase que no había sido el marido perfecto que todo el mundo creía que había sido, Holly y los padres de Jack sufrirían.

–No estoy preparada para hablar de mi matrimonio –dijo con tirantez.

Rocco se quedó mirándola fijamente unos instantes, pero para su alivio no volvió sobre el tema.

–Bueno, estás en todo tu derecho a no hacerlo –fue hasta la puerta, y esa vez la abrió antes de volverse hacia ella–. Tengo programadas unas cuantas reuniones de negocios en distintas ciudades europeas y me marcho mañana temprano. Si hubiera algún problema con mi abuela mientras estoy fuera puedes ponerte en contacto conmigo llamándome al móvil.

A Emma le dio un vuelco el corazón al saber que iba a marcharse. Quería preguntarle cuándo iba a volver. ¿Tenía una amante, o más de una, a la que pretendía visitar mientras estuviese fuera? Disimuló su decepción con una sonrisa indiferente.

–Bien, aunque no creo que te necesite; me las arreglaré.

Los ojos de Rocco brillaron. Se sintió tentado de volver junto a ella, atraerla hacia sí y demostrarle que lo necesitaba tanto como él a ella. Después de una semana de miradas furtivas y de intensa tensión sexual, con una chispa bastaría para encender el fuego de la pasión. Pero, ¿sería justo encender esa llama cuando jamás podría ofrecerle nada más que algo temporal?

Por primera vez en su vida el deseo de proteger a una mujer era más fuerte que el de llevarla a la cama. Y lo que era aún más sorprendente, estaba planteándose tener con ella una relación que durase más que unas pocas semanas. *¡Dio!*, ¿cómo podía estar considerando dejar a un lado su regla de no implicarse emocionalmente en una relación? Despegó los ojos de ella.

–*Buonanotte* –masculló antes de salir por la puerta.

–¡Voy a ir a ver a mis abuelos! –le dijo Holly a Rocco, con los ojos brillantes de excitación.

–Vaya, seguro que te lo pasas estupendamente, *piccola* –respondió él con una sonrisa, antes de mirar a su madre con una ceja enarcada.

–Los padres de Jack tienen una casa de veraneo en

Niza y han invitado a Holly a pasar unos días con ellos –le explicó ella, aliviada de que su voz no delatase que tenía el corazón desbocado.

La semana anterior, durante la cual Rocco había estado fuera, se le había hecho interminable. No le había dicho cuándo volvería, y aunque él había llamado un par de veces, la conversación había sido forzada y exclusivamente sobre su abuela. El encontrárselo esa mañana en el comedor cuando bajaron a desayunar la había dejado sin aliento.

–Peter y Alison, mis suegros, llegarán a Génova mañana desde Inglaterra. Su idea es alquilar un coche y recoger a Holly para irse a Niza.

–¿Puedo ir a decírselo a Bobbo? –preguntó Holly al ver por la ventana al perro correteando por el jardín.

Cuando Emma asintió la niña se bajó de la silla y salió corriendo.

–¿Cómo llevas el separarte de ella? –inquirió Rocco al ver su expresión, ligeramente.

–Bien –mintió ella, y esbozó una media sonrisa cuando él enarcó las cejas con incredulidad–. La echaré de menos, pero solo será unos días, y se lo pasará muy bien. Los padres de Jack la adoran, y sé que cuidarán bien de ella.

–Mi abuela me ha dicho que se va a pasar el día con Barbara y Andrew Harris.

–Sí, está arriba preparándose; le he dicho que la llevaría a su casa.

–¿Qué te parece si llevamos a Holly a la playa? –propuso Rocco–. Podríamos llevar a mi abuela a Rapallo y a la vuelta parar en Santa Margherita. Es una pequeña localidad costera con su playa, donde podrá hacer todos los castillos de arena que quiera.

Si se hubiera dejado llevar por su instinto, Emma habría dicho que no. El modo en que había reaccionado al verlo en el comedor evidenciaba el efecto que tenía sobre ella, y durante la semana que había estado fuera había decidido que no podía arriesgarse a tener algo con él. Sin embargo, su sensual sonrisa minaba sus defensas.

Y estaba verdaderamente irresistible con aquellos vaqueros gastados y los primeros botones de la camisa desabrochados, dejando al descubierto su piel aceitunada y una ligera mata de vello negro. ¿Qué mal le haría pasar un día con él?, se dijo. Y a Holly le encantaría ir a la playa. Dejó su taza de café en la mesa y le dirigió una sonrisa serena.

–Me parece bien.

En el centro del paseo marítimo de Santa Margherita Ligure se alzaba una hilera de palmeras, y a la izquierda había cafeterías, restaurantes y heladerías con coloridos toldos de rayas. El mar de aguas cristalinas se extendía bajo un cielo azul sin una sola nube, pero Holly estaba más interesada en la larga playa de arena, y apenas pudo contener su impaciencia cuando Rocco aparcó el coche y la levantó de su sillita.

Emma abrió el maletero y sacó un cubo y una pala de plástico, una esterilla para sentarse, toallas, y una bolsa de tela con todas las cosas que una siempre tenía que llevar consigo cuando tenía una niña pequeña.

–Creía que íbamos a pasar aquí el día, no una semana –comentó Rocco, arrancando una sonrisa de los labios de Emma.

Sus ojos se encontraron y se quedaron mirándose un instante antes de que ella apartara la vista y tomara la mano de Holly.

–Id montando el campamento –le dijo Rocco–. Yo iré por un par de cafés para nosotros.

Emma lo siguió con la mirada mientras se alejaba antes de bajar la vista a su entusiasmada hija, que le estaba tirando de la mano y llamándola.

–Ya sé, ya sé... Anda, vamos a construir castillos.

Mientras ella extendía la esterilla Holly se puso a jugar con la arena. Hacía bastante calor al sol, y Emma se alegró de haberse puesto unos pantalones cortos.

–¡Mira, mami, una caracola! –exclamó Holly levantando una pequeña caracola que había encontrado–. Voy a buscar más.

–Quédate cerca –le dijo Emma mientras la pequeña se levantaba.

La siguió con la vista, pero Holly no se alejó mucho antes de acuclillarse para cavar otro agujero en la arena.

Una gaviota planeaba sobre sus cabezas, graznando quejosa, y las olas se deslizaban rítmicamente sobre la orilla. Aquello era el paraíso, pensó Emma alzando el rostro hacia el sol. Le costaba creer que hacía solo un par de semanas había estado vestida con varias capas de ropa para evitar el frío de Northumbria.

Cuando bajó la cabeza no vio a Holly. Su cubo y la pala yacían sobre la arena, pero la niña no estaba allí. Emma frunció el ceño y miró a lo lejos, a un lado y a otro segura de que vería enseguida la camiseta amarilla de Holly, pero seguía sin verla.

–¿Holly? –la llamó levantándose. Estaba empezando a preocuparse.

Se giró hacia el mar. Un grupo de niños jugaba en la orilla, pero su hija no estaba con ellos.

–¡Holly!

–¿Qué ocurre?

Emma se volvió al oír la voz de Rocco, que estaba detrás de ella con un vaso de plástico en cada mano.

–No veo a Holly. Estaba aquí hace un momento...

De nuevo miró a su alrededor, sintiendo que el pánico se apoderaba de ella.

–La buscaré –dijo Rocco dejando los vasos en la arena–. No puede haber ido muy lejos –se sacó el móvil del bolsillo–. Ten el tuyo a mano y te llamaré en cuanto la encuentre –le dijo.

Emma siguió mirando a un lado y a otro, mordiéndose el labio hasta que se hizo sangre. A cada segundo que pasaba su preocupación aumentaba, pero se obligó a mantener la calma. En cualquier momento volvería Rocco con Holly subida en sus hombros, se dijo.

Sin embargo, al cabo de un rato lo vio volver... solo. Corrió hacia él aterrada.

–No la encuentro por ninguna parte –masculló Rocco.

–¡Oh, Dios mío! –las piernas le flaqueaban, y se aferró a Rocco cuando este rodeó la cintura con un brazo para sostenerla–. Tiene que estar por aquí; solo le quité los ojos de encima un momento –una horrible sensación de culpa la asaltó, y se cubrió la boca con una mano temblorosa, conteniendo las lágrimas–. Rocco... –se quedó mirándolo con los ojos muy abiertos cuando lo vio abrir el teléfono–. ¿Qué estás haciendo?

–Voy a llamar a la policía.

–¿A la policía? –una mano fría estrujó su corazón cuando se dio cuenta de la gravedad de la situación–. No... ¡tiene que estar por aquí, en alguna parte! –gritó frenética–. Tiene que estar por aquí...

Enjugó irritada las lágrimas que le quemaban los ojos. Necesitaba pensar con claridad, mantenerse calmada, se dijo. Pero no era uno de los casos que había atendido en el pabellón de urgencias; no, su hijita había desaparecido y un sinfín de horribles pensamientos cruzaban por su mente.

–Tenemos que denunciar su desaparición –le dijo Rocco.

La firmeza en su voz y el modo en que había asumido el control la calmó un poco.

–Por supuesto que está en alguna parte –le dijo él en un tono suave–, pero con ayuda la encontraremos antes.

Capítulo 8

ES CULPA mía, no estaba vigilándola como debía... –las lágrimas rodaron por las mejillas de Emma al desmoronarse el férreo control que mantenía sobre sus emociones–. ¿Y si le ha pasado algo? –miró temerosa el mar–. ¿Y si alguien se la ha llevado? –murmuró, no atreviéndose a dar voz a su peor pesadilla.

A Rocco se le encogió el corazón. Él mejor que nadie sabía cómo se sentía en ese momento. El darse cuenta de que Holly no estaba, empezar a buscarla desesperada... Habían pasado veinte años de la muerte de su hermano, pero nunca olvidaría el miedo que había pasado cuando Gio desapareció y se puso a buscarlo, angustiado, por los terrenos de Nunstead Hall. «*Madre di Dio*, por favor haz que esta vez sea distinto», rogó para sus adentros.

Tomó el rostro de Emma entre sus manos y la miró a los ojos.

–Deja de culparte: eres la mejor madre que he conocido. Encontraremos a Holly. Te lo prometo, *cara*.

Los siguientes cuarenta minutos fueron los peores de la vida de Emma. Ni cuando le dijeron que Jack había muerto, ni cuando había descubierto por su última amante que le había sido infiel, había sentido una angustia tan atroz.

Estar a la espera de recibir noticias era un auténtico suplicio, pero habían pensado que lo mejor era que permaneciese en el sitio donde había perdido de vista a Holly por si la pequeña volvía.

Entretanto, Rocco seguía buscando con la policía y otras personas que se habían ofrecido a ayudar. Todas las historias trágicas de niños desaparecidos que había leído en los periódicos acudían a su mente en esos momentos. Se le hacía insoportable la idea de no volver a ver a su hija. Bajó la cabeza, angustiada, y se tapó el rostro con las manos.

–Emma...

La voz de Rocco se oyó en la distancia, pero algo en su tono... Emma apartó las manos de su rostro, se giró, y sintió como si el corazón fuera a explotarle en el pecho cuando lo vio dirigiéndose hacia ella con Holly en brazos.

–¡Gracias Dios mío, gracias Dios mío!

Las lágrimas la cegaban y las piernas apenas la sostenían, pero se obligó a moverlas para ir a abrazar a su niña.

Esa tarde Rocco llamó a la puerta abierta de la habitación de Emma antes de entrar.

Esta, que salía justo en ese momento de la habitación de Holly, cerró suavemente la puerta que comunicaba con la suya.

–¿Se ha dormido? –inquirió Rocco en un murmullo.

Ella asintió.

–No me sorprende que esté cansada después de haberse pasado toda la tarde persiguiendo a Bobbo por el jardín –contestó, forzando un tono alegre–. Y está muy ilusionada con que mañana vengan a recogerla sus abuelos.

No se veía con fuerzas para hablar de lo que había ocurrido en la playa. Rocco le había dicho que habían encontrado a Holly cerca del muelle, dormida en unas redes de pesca. A Emma se le había helado la sangre al pensar que su pequeña hubiera podido caer al agua y haberse ahogado.

Por suerte Holly no era consciente del pequeño drama que había protagonizado, pero habían decidido volver a la villa, y ella había hecho un esfuerzo por ocultar lo mal que lo había pasado para que no le afectase.

−¿Aún vas a dejar que vaya a Niza con tus suegros?

Emma volvió a asentir.

−Ahora mismo preferiría no perderla de vista ni un solo segundo, pero se llevaría un disgusto si no la dejase ir, y estoy segura de que los padres de Jack cuidarán bien de ella.

Sin previo aviso se le llenaron los ojos de lágrimas. Durante toda la tarde se había esforzado por apartar de su mente los recuerdos de lo que había ocurrido en la playa, pero de pronto volvieron en tropel, y revivió el miedo y la desesperación que había sentido. Se sentó en el borde de la cama y sucumbió a los sollozos que la sacudían violentamente.

−*Cara*...

Rocco se acercó y la alzó en volandas, y ella, que no tenía fuerza, ni física ni mental en ese momento, no ofreció resistencia, y siguió llorando con el rostro oculto en su pecho mientras él la llevaba a algún sitio.

Pasó un buen rato antes de que pudiera recobrar la compostura. Horriblemente azorada, se secó los ojos con el dorso de la mano y levantó la cabeza. Estaban en un espacioso saloncito decorado en tonos marrón y crema, y a través de una puerta entreabierta se veía una cama de matrimonio con sábanas color vino. Debía ser el dormitorio de Rocco.

−Pensé que no querrías que se despertase Holly −le

explicó antes de depositarla sobre el sofá y sentarse él también.

Las mejillas de Emma se tiñeron de rubor al recordar cómo se había derrumbado delante de él, pero también por lo cerca que estaban sentados el uno del otro.

–Lo siento –murmuró–. Seguro que tienes cosas mejores que hacer que verme lloriquear.

–Lo has pasado muy mal –respondió él en un tono quedo–. Es mejor no guardarse las cosas.

Algo en su voz hizo que Emma alzase la mirada hacia su rostro, y se le encogió el corazón al ver el dolor en sus ojos.

–¿Es eso lo que hiciste tú cuando tu hermano murió? –preguntó suavemente–. Cordelia me contó lo del accidente.

Rocco apretó la mandíbula.

–¿Te contó también que si hubiera estado vigilando a Gio no habría habido ningún accidente? Estaba resentido porque mi madre había vuelto a dejarme a cargo de mi hermano, y murió porque no estaba pendiente de él, como debería haberlo estado. Le fallé.

–Solo eras un chiquillo, un adolescente –murmuró Emma tomándolo de la mano–. Como dice Cordelia, tus padres deberían haberse responsabilizado más de él. Me ha contado que casi perdiste la vida al intentar salvarlo. En cuanto a lo de hoy... –la voz de Emma se quebró–. Cuando me di cuenta de que Holly no estaba, me asusté tanto... No podía ni pensar. No sabía qué hacer. Pero tú tomaste las riendas y llamaste a la policía, y organizaste la búsqueda cuando la gente se ofreció a ayudarnos. Mientras yo me dejaba llevar por el pánico tú hiciste todo lo posible para encontrarla y yo... yo... –tragó saliva porque se le había hecho un nudo en la garganta, y esbozó una sonrisa temblorosa–. Me alegré tanto de que estuvieras allí...

Las emociones eran un infierno, pensó Emma mientras las lágrimas volvían a nublarle la vista. El miedo a perder a Holly la había desprovisto del caparazón tras el cual solía parapetarse, y se sentía terriblemente vulnerable. Durante los últimos tres años había criado a su hija sola, y aunque había habido momentos difíciles, llevaba con orgullo no haber necesitado la ayuda de nadie. Pero esa mañana sí la había necesitado, y él había sido su roca.

–Lo que le ocurrió a tu hermano no fue más que un trágico accidente –le dijo–. No le fallaste, igual que hoy no nos has fallado ni a Holly ni a mí.

Las palabras de Emma actuaron como un bálsamo curativo sobre la herida que tantos años llevaba aún abierta tras la muerte de Gio. Por primera vez desde aquel día Rocco se sintió liberado del enorme peso de la culpa. Desde ese día fatídico en que había estrechado entre sus brazos el cuerpo sin vida de su hermano se había sentido como congelado por dentro. Había evitado cualquier relación en la que pudiesen estar implicados los sentimientos. Así era más fácil, sin involucrarse emocionalmente,

Pero con Emma era distinto. Había atravesado sus defensas, y sin saber cuándo ni cómo había empezado a importarle. Cuando su hija se había perdido había compartido con ella su angustia, y habría sido capaz de remover cielo y tierra para devolvérsela.

A Emma se le cortó el aliento cuando Rocco apretó sus dedos y se llevó su mano a los labios para besarle los nudillos. Sus ojos dorados buscaron los suyos, y el aire pareció cargarse de electricidad. Se le erizó el vello de los brazos, y notó que se estremecía por dentro.

El otro brazo de Rocco, que había estado apoyado hasta ese momento en el respaldo del sofá, le rodeó los hombros y la atrajo hacia él. Estaba segura de que

Rocco podía escuchar los fuertes latidos de su corazón en el denso silencio, igual que ella oyó cómo se agitaba la respiración de él cuando sus labios se posaron sobre los suyos.

No pensó en rechazarlo ni por un instante, y sus labios temblaron ligeramente bajo los de él por la intensidad de las emociones que estaban desplegando sus alas en su interior, como la confianza, algo que había creído que nunca volvería a sentir. Fue un beso tierno y evocativo que le llegó al corazón. Se sentía segura con él, y ya no le importaba bajar la guardia para permitirle descubrir la sensualidad innata que tanto se había esforzado en reprimir.

¿Qué tenía aquella mujer que podía volverlo loco con un simple beso?, se preguntó Rocco. Deslizó los dedos entre sus sedosos cabellos, y decidió que la respuesta no importaba.

Los suaves labios de Emma se entreabrieron para dejar paso a su lengua. Su piel parecía de satén, pensó cuando apretó la boca contra su garganta. Tiró suavemente del cuello de la bata de seda de Emma, dejando al descubierto el hombro, y sus labios descendieron hacia él. Había estado con muchas mujeres, pero en aquel momento se sentía como un adolescente, apenas capaz de controlar sus hormonas, ni de evitar que le temblaran las manos.

Bajó lentamente el fino tirante de su camisón, dejando al descubierto centímetro a centímetro la deliciosa curva de un seno, y aspiró entre dientes cuando finalmente pudo cerrar la palma de su mano sobre él.

Tembloroso de deseo, agachó la cabeza y lamió el sonrosado pezón una y otra vez hasta que se puso duro antes de tomarlo en su boca.

Emma no pudo contener un suave gemido de placer cuando Rocco comenzó a succionar su pecho. Un escalofrío descendió por su cuerpo hasta llegar a la unión entre sus piernas.

La pasión que había empezado a arder despacio, de pronto se convirtió en una especie de fiebre que exigía ser aplacada. Rocco le quitó la bata y le bajó el camisón hasta la cintura, dejando sus dos pechos expuestos a su hambrienta mirada.

Cuando lamió primero uno de los pezones y luego el otro, Emma arqueó la espalda en una súplica muda. Nunca había sentido su cuerpo tan vivo como en ese momento, asediado por los labios y las manos de Rocco.

Este volvió a tomar su boca una vez más, y el beso se tornó ardiente mientras sus lenguas se enzarzaron en un duelo. La respiración de ambos se había tornado agitada cuando Rocco levantó la cabeza y la miró a los ojos.

–*Ti voglio*... te deseo... –le dijo con voz ronca.

Rocco no se había sentido así jamás, nunca antes había experimentado un deseo tan fuerte. Desde el principio había sentido una conexión especial entre ambos que ni siquiera en ese momento podía entender del todo. Lo único que sabía era que Emma le pertenecía. Lo notaba en su sangre, en sus huesos, en lo más profundo de su alma. Le pertenecía y la reclamaría como suya.

–Y yo a ti... –murmuró Emma sin vacilar.

También ella sabía sin lugar a dudas que quería que Rocco le hiciese el amor. Ya no importaban el pasado ni el daño que Jack le había hecho, ni tampoco lo que pasase mañana. Quería pensar únicamente en el presente, aprovechar ese momento con aquel hombre que se había colado en su corazón.

Rocco se puso de pie, la tomó de las manos para ayudarla a levantarse, y tiró del camisón de seda hacia sus caderas, dejando que cayera al suelo. Luego, enganchó los pulgares en sus braguitas, y se las bajó lentamente. Emma lo vio tragar saliva; vio el brillo depredador en su mirada, y se quedó sin aliento cuando introdujo los dedos en el triángulo de rizos rubios rojizos entre sus piernas.

–*Sei bella*, Emma... –rugió Rocco alzándola en volandas para llevarla al dormitorio–. Tengo que hacerte mía... ahora –la depositó en el borde de la cama–. Mira cuánto te deseo –dijo tomando su mano para apretarla contra el bulto que asomaba en su entrepierna.

Emma abrió mucho los ojos, excitada y algo nerviosa mientras lo acariciaba. Había pasado mucho tiempo desde la última vez que había practicado sexo. Jack había muerto hacía tres años, y en los meses anteriores a su muerte parecía que le habían causado rechazo los cambios que el embarazo había provocado en su figura.

Sintió una punzada en el pecho al recordar el dolor que aquel rechazo le había causado, pero se negó a seguir viviendo en el pasado. Ya no era aquella chica ingenua que se había dejado embaucar por un hombre guapo y encantador, ignorando sus muchas faltas. Tenía veintiocho años y era una mujer fuerte e independiente, capaz de tomar sus propias decisiones, y en ese momento había decidido que quería hacer el amor con Rocco.

El fiero deseo que ardía en sus ojos le devolvió la confianza en sí misma. Sintiéndose más atrevida que nunca, esbozó una sonrisa recatada mientras le bajaba la cremallera.

–Debe estar muy incómodo, *signor*, y como enfermera, mi deber es aliviarlo.

–Bruja –la picó él riéndose.

No era un buen momento para descubrir que era una provocadora, pensó Rocco. Era su primera vez juntos y quería tomarse su tiempo seduciéndola, pero estaba tan excitado que se sentía como si fuera a explotar en cualquier momento.

Apenas incapaz de controlar su impaciencia, se quitó la camisa y los pantalones. Luego se bajó los boxers, estremeciéndose al imaginarse introduciéndose en ella.

Sin embargo, tenía que controlarse. Estaba seguro de que Emma no había yacido con un hombre desde la muerte de su marido. Tenía que ir despacio y asegurarse de que estuviese lo suficientemente excitada antes de poseerla.

La alzó en volandas, apartó las sábanas, y la tendió en la cama antes de tumbarse él a su lado y atraerla hacia sí. El contraste entre la blanca piel de Emma y su cuerpo bronceado era muy erótico. El cuerpo de Emma era blando y suave, mientras que el suyo era todo músculo. Se deleitó con la sensación de tener sus senos apretados contra su pecho, e inició otro beso lento y sensual.

Emma se abandonó a la maestría de los labios de Rocco, y se estremeció de excitación cuando su mano descendió por su estómago y continuó bajando hasta introducirse entre sus muslos.

No ofreció resistencia alguna cuando le abrió las piernas, y se le cortó el aliento cuando comenzó a acariciar con delicadeza los labios hinchados de su vagina antes de separarlos y deslizar un dedo dentro de ella.

Un gemido ahogado escapó de su garganta mientras el dedo se movía, volviéndola loca, y luego, para su sorpresa, Rocco retiró su mano y comenzó a darle placer con la lengua.

–Rocco...

Él, al oír la incertidumbre en su voz, levantó la cabeza.

–¿No te gusta?

–No lo sé –respondió ella con sinceridad.

¿De modo que su marido, el héroe, nunca le había dado placer de esa forma? Rocco experimentó una cierta satisfacción de pensar que él sería el primero en hacerle ese regalo.

–Deja que te demuestre lo agradable que puede ser, *cara* –murmuró bajando de nuevo la cabeza.

Se aplicó a la tarea con tanto esmero, que pronto Emma estaba retorciéndose debajo de él, y su propia excitación fue en aumento cuando le lamió el clítoris y Emma emitió un intenso gemido.

–Por favor...

Emma nunca había estado tan excitada. Quería que la hiciera suya, que aplacase el resquemor en su vientre. Rocco era un hechicero, y su magia la había atrapado por completo.

Abrió los ojos cuando lo notó apartarse de pronto de ella. Rocco sonrió al ver la decepción en sus ojos, y le tendió un preservativo que había sacado del cajoncito de la mesilla de noche.

–Pónmelo tú.

Las mejillas de Emma se tiñeron de rubor. ¡Por amor de Dios, era enfermera!, se recordó. Y desde luego no era la primera vez que veía un órgano masculino, pero el tamaño del miembro erecto de Rocco la dejó sin aliento mientras trataba torpemente de rasgar el envoltorio. Cuando por fin sacó el preservativo y lo deslizó sobre el sexo de Rocco lo notó duro como una piedra. Era enorme... ¿cabría dentro de ella?, se preguntó vacilante.

El corazón le golpeaba contra las costillas cuando Rocco la empujó suavemente para tumbarla, le separó las piernas y se arrodilló entre ellas. La besó en la boca, y luego sus labios descendieron por su cuello hacia sus pechos. Succionó primero un pezón y luego el otro, una y otra vez hasta que Emma creyó que iba a volverse loca.

Solo entonces, cuando estaba temblorosa de placer,

Rocco la penetró con una profunda embestida, deteniéndose un momento para que sus músculos internos se adaptasen a su miembro antes de retirarse un poco y embestirla de nuevo.

–¿Todo bien? –le preguntó suavemente, apoyando su frente en la de ella.

La consideración de Rocco le llegó a Emma al corazón. No había duda de que la pasión mezclada con ternura era una combinación muy potente, se dijo.

–Estaré bien si vuelves a hacerlo –murmuró.

Rocco la embistió otra vez, y otra vez... Cada rítmica sacudida de sus caderas la llevaba un poco más alto, y minutos después estaba al borde del éxtasis.

–Ojalá pudiese prolongar esto mucho más, *cara* –murmuró Rocco–, pero te deseo tanto que me temo que tendrás que disculpar mi impaciencia.

Empezó a embestirla a un ritmo más rápido, con más fuerza, y Emma se aferró a sus hombros, cerrando los ojos para disfrutar de aquel oleaje de placer que iba en aumento.

–Mírame, Emma –le dijo Rocco.

Era consciente de que no podría seguir controlándose mucho más tiempo, pero quería asegurarse de que supiese que estaba haciendo el amor con él, no con un fantasma del pasado.

La explosión final fue violenta, pero increíblemente dulce. En lo más hondo de Emma se desató un torrente de espasmos de exquisito placer. No recordaba haber tenido un orgasmo igual en toda su vida.

Rocco se quedó quieto y echó la cabeza hacia atrás con un intenso gemido; él también había alcanzado el clímax. Emma se sentía lacia, incapaz de pensar, y cerró los ojos un instante, concentrándose en el modo en que se contraían y se distendían los músculos de su vagina.

Cuando abrió los ojos de nuevo vio a Rocco tembloroso sobre ella, y una ola de ternura la invadió al ver tan vulnerable a un hombre tan fuerte y seguro de sí mismo. Lo abrazó, peinándole el cabello húmedo con los dedos, y lo besó en la mejilla. Así era como debería ser hacer el amor, pensó, una unión absoluta de dos cuerpos en perfecta sincronía.

Sin embargo, para ella había sido muchísimo más. No podía seguir negando la evidencia. El amor se había colado en su corazón y había apresado su alma, y por eso se había entregado a Rocco. Le había devuelto la confianza en sí misma, y había curado el daño que Jack le había hecho. Hacer el amor con él había sido la experiencia más profunda de su vida, una que jamás olvidaría y de la que jamás se arrepentiría. Tan hermoso era lo que habían compartido, que se le llenaron los ojos de lágrimas.

El pecho de Rocco, que yacía sobre ella incapaz de mover un músculo, subía y bajaba. Se sentía maravillosamente relajado y saciado, y extrañamente reacio a salir de ella. Por primera vez en su vida al hacer el amor había sentido algo que iba más allá de la unión física entre dos cuerpos. Era casi como si sus almas se hubiesen fusionado.

Alzó el rostro y buscó sus labios, pero se detuvo al notar húmeda su mejilla. Al darse cuenta de que estaba llorando sintió como si le hubiesen clavado un puñal en las costillas. ¿Acaso el hacer el amor con él le había recordado a su marido, al que todavía amaba? ¿Deseaba que fuese Jack?

Aquella idea le devolvió la cordura y rodó sobre el costado para apartarse de ella. ¿En qué había estado pensando? No había habido nada especial; el sexo había estado bien... mejor que bien... de acuerdo, había sido espectacular, pero eso era todo. No había motivo para ver cosas que no existían, ni emociones que no quería tener.

Giró la cabeza hacia otro lado al ver a Emma apresurándose a enjugarse las lágrimas. Era evidente que no había querido que la viese llorando, y él no quería saber la razón de esas lágrimas.

Emma dejó escapar un pequeño bostezo y le dijo azorada.

–Perdona; es que... bueno, ¡menudo día!, ¿no? –murmuró.

Rocco la miró, y supo que estaba pensando en los interminables minutos que habían pasado antes de que apareciera su hija, y a pesar de su firme decisión de desterrar toda emoción de su ser, no pudo evitar sentir una punzada de compasión hacia ella. Parecía exhausta y tremendamente frágil.

–Ven aquí –dijo suavemente, atrayéndola hacia sí.

Su cuerpo volvió a excitarse mientras sus manos recorrían las tentadoras curvas de Emma, pero ignoró los cánticos de sirena del deseo y la abrazó en silencio hasta que se quedó dormida.

Para Rocco fue bastante incómodo ser presentado a la mañana siguiente a los suegros de Emma. Sobre todo teniendo en cuenta que la noche anterior había hecho el amor con la viuda de su difunto hijo.

–Jack era nuestro único hijo –le dijo Alison Marchant mientras Emma subía con Holly por sus cosas–. Pero pervive en Holly –los ojos se le llenaron de lágrimas–. Y Emma es una chica estupenda. Peter y yo tenemos la esperanza de que vuelva a casarse algún día, pero claro, Jack era el amor de su vida.

–Lo comprendo –murmuró Rocco.

Lo que no comprendía era por qué Emma eludía siempre el hablar de su marido, y por qué el solo mencionarlo hacía que se encerrase en sí misma.

Emma, que no quería comportarse como una gallina clueca y hacer que Holly se sintiera mal, se esforzó por contener sus emociones y se agachó para darle un beso y un abrazo cuando ya estaba dentro del coche.

–¿Te portarás bien con la abuela y el abuelo?

–Sí, mami; te quiero.

–Y yo a ti.

Su dulce Holly... Tan inocente y confiada... Daría su vida por su hija, pensó Emma conteniendo las lágrimas mientras el coche se alejaba.

–Volverá dentro de unos días –le recordó Rocco.

–Lo sé –Emma se obligó a sonreír–. No sé a qué voy a dedicar mi tiempo ahora que Cordelia se ha ido con los Harris a Rapallo un par de días y Holly también se ha marchado. Creo que me voy a aburrir.

–Por supuesto que no, *cara* –replicó él en un tono tan sensual que un cosquilleo recorrió la espalda de Emma–. Se me ocurren unas cuantas maneras de mantenerte ocupada.

Sus ojos recorrieron la figura de Emma, y se felicitó por su excelente gusto en lo que se refería al atuendo femenino. La corta falda de denim que le había comprado a su llegada a Portofino, junto con otras prendas, moldeaba deliciosamente sus nalgas, y dejaba al descubierto sus esbeltas y bien torneadas piernas, mientras que la sencilla camiseta blanca de algodón se pegaba a sus generosos pechos como una segunda piel.

De pronto una fantasía erótica se apoderó de su mente, y se imaginó desnudándola allí mismo, en el jardín, y tumbándola sobre el césped para hacerle el amor.

Desgraciadamente tenía un informe por repasar sobre su mesa, en el estudio, y le esperaban varias horas de trabajo frente al ordenador.

Sin embargo, al ver que los ojos de Emma aún brillaban por las lágrimas contenidas decidió que el trabajo podía esperar. Emma estaba tratando de parecer valiente, pero saltaba a la vista que estaba hecha un manojo de nervios por tener que separarse de su hija, aunque solo fuera por unos días.

Le rodeó la cintura con los brazos y no pudo resistirse a besarla suavemente en los labios. Sonrió al verla sonrojarse; la noche anterior se había comportado de un modo apasionado en la cama, y su timidez de esa mañana lo divertía y lo enternecía al mismo tiempo.

—¿Sabes qué?, voy a pasar el día contigo —le dijo—. ¿Qué te parece si tomamos mi yate y nos vamos por la costa hasta llegar a Camogli y almorzáramos allí? —la atrajo más hacia sí, para que pudiera notar cuánto la deseaba—. Y luego nos echaremos una siesta a bordo.

A Emma se le cortó el aliento al ver el brillo hambriento en los ojos de Rocco, y una ráfaga de calor afloró en su vientre.

—¿Una siesta? —repitió vacilante.

Rocco se rio con suavidad.

—Es una forma de hablar, *cara*. Nos tumbaremos juntos, pero no esperes dormir demasiado.

Capítulo 9

CAMOGLI era un bonito pueblo costero con un puerto con mucha actividad. Emma había disfrutado del trayecto hasta allí en el yate de Rocco, de seis metros de eslora. Hacía un día perfecto, con el cielo completamente despejado y el sol arrancando destellos de la superficie del mar. De pie en la cubierta, con el brazo de Rocco en torno a su cintura y la brisa jugando con su cabello se había sentido como si hubiese entrado a otro mundo. Aquello estaba a años luz de su vida con Holly en Northumbria, pero dentro de unas pocas semanas tendrían que dejar Italia, y a Rocco, se recordó.

De camino a Camogli habían hecho un alto en San Fruttuoso, un lugar muy conocido de la costa de Liguria, y habían pasado una hora explorando el hermoso monasterio benedictino que se alzaba en la playa.

Y en ese momento estaban sentados en la terraza de un encantador restaurante en el paseo marítimo de Camogli. Habían almorzado vieiras, y un plato típico, *branzino in tegare*, lubina al vino blanco con tomate, acompañado de un Pinot Grigio, y finalmente una taza de café solo.

El corazón le palpitó con fuerza al mirarlo. Ese día estaba particularmente sexy con unos vaqueros negros, un polo, y los ojos ocultos tras unas gafas de sol de diseño. Y a juzgar por las miradas que le estaban echando las mujeres de otras mesas no era la única que pensaba lo mismo.

Habían pasado un rato muy agradable durante el almuerzo, conversando acerca de todo tipo de temas, desde arte a política, y hasta habían descubierto un gusto compartido por un autor nuevo de novela de intriga.

–¿Siempre quisiste ser enfermera? –le preguntó Rocco, dejando su taza de café sobre la mesa.

Emma asintió.

–Sí, me crié en la granja de mis padres y durante un tiempo pensé en hacerme veterinaria, pero cuando acabé el instituto supe que quería ser enfermera.

–Imagino que no siempre será una profesión fácil, Debe haber ocasiones, incidentes, que te hagan sentirte mal.

–Sí, algunas veces –admitió ella–. La muerte de un paciente siempre es un momento duro, pero lo positivo supera a lo negativo en la balanza. Cuando acabé las prácticas estuve seis meses en Liberia. El país está devastado por años y años de guerra civil, y las instalaciones médicas son bastante primitivas, cuando menos. Era muy triste ver a la gente, y sobre todo a los niños, morir por enfermedades curables, como la malaria y el sarampión, pero aquella experiencia también fue una gran inspiración para mí. La gente de allí ha sufrido lo indecible, pero están decididos a mejorar sus vidas, y me sentía bien de saber que estaba ayudándolos, aunque solo fuera en una pequeña medida.

–Así que después de aquello regresaste a Inglaterra, te casaste con Jack y vivisteis felices hasta su trágica muerte en aquel incendio.

Emma rehuyó la mirada de Rocco, sin saber que el brillo se había desvanecido de pronto de sus ojos.

–Sí –mintió–. ¿Y qué me dices de ti? –inquirió, desesperada por cambiar de tema–. ¿Alguna vez quisiste ser actor, como tus padres?

–¡*Dio*, no! –repicó él–. Ya había bastante temperamento artístico en la familia con ellos dos –añadió sarcástico–. Lo cierto es que sí se plantearon enviarme a una escuela de arte dramático, pero por suerte mi abuelo intervino. Mi padre nunca tuvo el menor interés en tomar parte en la empresa familiar, pero mi abuelo, Silvio, había decidido que quería que yo fuera su heredero y que algún día fuera el director de Eleganza.

–¿Y no te molestó que planeara así tu futuro? –inquirió Emma con curiosidad.

Rocco negó con la cabeza.

–Fui yo quien decidí estudiar Ingeniería. Me interesan todos los aspectos de la industria del motor, pero lo que de verdad me entusiasma es el área de investigación: desarrollar nuevas ideas, utilizar nuevas tecnologías... El proyecto en el que estoy trabajando ahora mismo es un coche deportivo híbrido con un motor que emplea energía eléctrica y otro de combustión interna, que reducirá el uso de combustibles fósiles –le explicó sonriente. Su entusiasmo lo hacía parecer más joven–. Seguro que te estoy aburriendo –dijo azorado–. La mayoría de las mujeres se aburren cuando les hablo de mi trabajo.

–Oh, no, me parece fascinante –le aseguró ella–. Supongo que no soy como el resto de las mujeres.

–Eso es decir poco –respondió él.

Ninguna otra mujer lo había hecho sentirse así. Para él era una nueva experiencia estar con una mujer que lo valoraba como amigo y como amante. Esa camaradería que sentía con Emma era algo que esperaba seguir sintiendo mucho tiempo. ¿Y qué se suponía que significaba eso?, se preguntó frunciendo el ceño. ¿Acaso esperaba que lo suyo durase más de los tres meses a los que ella había accedido a estar en Italia?

Escrutó su bello rostro y se dio cuenta de que la respuesta era un sí inequívoco. No podía imaginar que llegase un día en que pudiera dejar de desearla. Bajó la vista a sus firmes y generosos pechos, y se encontró fantaseando con quitarle la camiseta y el sujetador para luego llenar sus manos con ellos.

–Creo que ha llegado el momento de esa siesta –murmuró–. ¿No tienes sueño, *mia bellezza*?

Emma sintió una punzada de excitación en el vientre. Había disfrutado del paseo hasta allí, y del almuerzo, pero en todo el día la tensión sexual había estado ahí todo el tiempo, esperando. El pensar que muy pronto estarían de nuevo desnudos, haciendo el amor apasionadamente, hizo que un calor húmedo aflorara entre sus piernas.

Emma lo miró a los ojos y esbozó una sonrisa recatada.

–Ni pizca.

–Suerte que ya he pagado, porque tenemos que irnos ahora mismo, antes de que sucumba a la tentación de hacerte el amor sobre la mesa –le dijo él poniéndose de pie.

Emma se levantó también, y se alejaron corriendo de la mano hacia el muelle donde habían dejado amarrado el yate.

Riéndose y sin aliento subieron a bordo y minutos después Rocco ponía en marcha la embarcación.

–Echaremos el ancla lejos de la costa, para que no nos molesten –le dijo atrayéndola hacia sí para besarla. Justo en ese momento, sin embargo, sonó su teléfono. Lo sacó del bolsillo y miró la pantalla–. Perdona, *cara*, tengo que atender esta llamada; es mi abuelo.

Estuvo hablando con él en italiano unos minutos, y

cuando colgó y se guardó el teléfono, tomó a Emma de la mano y la condujo hacia las escaleras que llevaban a la cubierta inferior.

–Quería recordarme que celebra una cena mañana por la noche en su casa, con algunos de nuestros mejores clientes además de los principales ejecutivos de Eleganza, por supuesto. Le he dicho que llevaría una invitada.

–¿Yo? –inquirió Emma mirándolo preocupada–. ¿Pero qué pensará tu abuelo? Quiero decir que soy tu empleada, y si voy a la fiesta contigo... ¿no sospechará que hay algo entre nosotros?

–Me da igual lo que piense mi abuelo o lo que piense nadie –respondió él cuando llegaron al camarote. Alzó a Emma en volandas y la depositó sobre la cama–. Te quiero a mi lado, y si eres mi empleada tendrás que obedecer mis órdenes, *cara*. Y ahora ha llegado el momento de que te quites la ropa.

El deseo que ardía en sus ojos hizo a Emma sentirse seductora, y con un descaro del que nunca se habría creído capaz, se sacó la camiseta y después se quitó la falda.

Luego, mientras miraba a Rocco desnudándose también, una ola de calor la invadió. Admiró su torso bronceado cubierto de vello, y sus ojos descendieron hasta los músculos de su abdomen y sus fuertes muslos, y se le cortó el aliento al ver su miembro erecto.

Se pasó las manos por detrás de la espalda para desabrocharse el sujetador, y comenzó a bajar lenta, muy lentamente, los tirantes por sus brazos.

–Ah, así que quieres jugar, ¿eh? –riéndose, Rocco le quitó el sujetador y cerró las manos posesivamente sobre sus pechos–. ¿Sabes lo que le pasa a las enfermeras traviesas? Que sufren un castigo terrible: se les cubre de besos cada centímetro de su cuerpo.

Comenzó por los pezones, lamiéndolos hasta que Emma comenzó a gemir. Tomó uno en su boca y luego el otro, y tras quitarle las braguitas continuó aquella tortura entre sus piernas. Al cabo de unos segundos Emma jadeaba, desesperada por tenerlo dentro de sí.

Alargó la mano, y notó a Rocco estremecerse cuando empezó a acariciarlo. Sin embargo, antes de perder el control Rocco se puso un preservativo y se colocó entre sus muslos.

–No más juegos, *cara* –murmuró, y la penetró.

Emma se deleitó con cada embestida y le rodeó la espalda con las piernas para intensificar las exquisitas sensaciones que estaban aflorando en su pelvis. Además, estaba experimentando algo que no había experimentado jamás con Jack: era como si sus almas y sus cuerpos se estuviesen fusionando en todo, igual que un círculo, sin principio ni fin.

Sin embargo, todo llegaba a su fin antes o después, y pronto le sobrevino un orgasmo explosivo que le hizo arañar la espalda de Rocco mientras su cuerpo palpitaba con un espasmo tras otro de placer. Rocco siguió moviendo las caderas, llevándola al paraíso una segunda vez, donde la siguió con un gemido salvaje.

Emma apoyó la cabeza en su hombro, y Rocco sonrió cuando se quedó dormida. Le permitiría una breve siesta antes de darse un segundo festín con su delicioso cuerpo, y sin duda también un tercero. Era incapaz de resistirse a ella.

–¿Qué le parece mi casa, señora Marchant?

Emma, que estaba junto a la ventana admirando la vista de la ciudad de Génova con sus edificios antiguos iluminados por la luz de las farolas, se volvió al oír la voz de Silvio D'Angelo.

–Es increíble –contestó.

Podía decirlo con sinceridad después de que Rocco le hubiera hecho un pequeño recorrido por la casa, cuyas elegantes estancias estaban decoradas con piezas de anticuario.

–Esta parte de Génova, señora Marchant, se conoce como «la Ciudad Antigua», y ha sido declarada patrimonio de la humanidad –le dijo Silvio.

Más bajo de estatura y más corpulento que su nieto, por el cabello plateado y el rostro surcado por las arrugas Emma calculó que Silvio D'Angelo debía tener más de ochenta años. En sus ojos castaños había un brillo astuto que la ponía nerviosa.

–Llámeme Emma, por favor –le dijo con una sonrisa vacilante.

El anciano asintió con la cabeza.

–Rocco me ha dicho que son buenos amigos usted y él.

Emma se sonrojó. «Buenos amigos» no era la descripción más exacta de su relación, pensó recordando cuántas veces habían hecho el amor la noche anterior.

–Sí, he venido tres meses a Italia como acompañante de Cordelia.

Silvio la miró fijamente.

–¿Y luego regresará a Inglaterra?

A Emma le entristecía pensar en eso, pero disimuló sus sentimientos como pudo y asintió.

–Volveré a mi trabajo de enfermera.

Su mirada se dirigió al otro extremo del salón, donde Rocco estaba charlando con una mujer muy atractiva que le había presentado antes: Valentina Rosseti, la única mujer ingeniera de Eleganza. A juzgar por cómo estaba mirando a Rocco y pestañeando con coquetería, estaba segura de que en ese momento no estaba pensando precisamente en motores híbridos.

Silvio siguió su mirada, y su expresión se tornó pensativa.

–Soy un hombre viejo –dijo–. El mes pasado cumplí los noventa años, y ya va siendo hora de que ceda el control de la compañía a mi nieto –exhaló un suspiro–, pero le he dicho a Rocco que antes de que tome el timón quiero que abandone la vida de playboy que lleva. Debería casarse con una buena chica italiana con la que tener un hijo que herede la compañía de él algún día.

Emma lo miró con escepticismo.

–Me temo que el matrimonio no está entre las prioridades de Rocco.

El anciano resopló.

–Mi nieto conoce sus obligaciones. Eleganza es su amante favorita, y hará lo que tenga que hacer para hacerla suya.

El mayordomo anunció en ese momento que podían pasar al comedor, pero cuando se sentaron a la mesa Emma había perdido el apetito por la conversación con el abuelo de Rocco, y no disfrutó de los exquisitos platos que les sirvieron.

Tampoco ayudaba demasiado el hecho de que a Rocco lo habían sentado en el otro extremo de la mesa, mientras que ella tenía a su izquierda a un anciano tío suyo que apenas hablaba inglés, y a su derecha a Shayna Manzzini.

–De modo que Rocco te ha preferido a esa bonita y joven vecina suya –comentó Shayna al final de la cena, apartando su plato de tiramisú, que ni siquiera había tocado.

Emma se había fijado en que apenas había comido nada, y dedujo que debía ser así como mantenía su figura de modelo. No sabía muy bien cómo responder a su comentario, pero Shayna no parecía estar esperando una respuesta, porque no esperó ni un minuto antes de añadir:

–Ya me di cuenta en la fiesta de su abuela de que no podías quitarle los ojos de encima. Pero sabes que no durará, ¿verdad? Rocco no es capaz de comprometerse. Ni siquiera fue capaz de hacerlo por su hijo.

Emma dejó su tenedor en el plato para ocultar el temblor de su mano, y se dijo que las náuseas que sentía de repente se debían a haber comido sin apetito.

No debería creer una palabra de lo que estaba diciéndole; ya conocía la afilada lengua de Shayna. La examante de Rocco pareció advertir su contrariedad.

–Por la cara que has puesto deduzco que no te lo había dicho –Shayna se encogió de hombros–. Bueno, tengo que admitir que no sé si será cierto; es solo algo que se comenta por ahí.

–¿El qué? –inquirió Emma con brusquedad.

–Que Rocco dejó embarazada a una de sus amantes hace años y tiene un hijo. Los rumores dicen que el chico y su madre viven aquí, en Génova, y que Rocco viene a verlos todas las semanas. Supongo que eso explicaría por qué, según mi marido, se marcha temprano todos los viernes de la oficina.

–Podría haber una docena de razones –respondió Emma con calma.

Había sacado conclusiones precipitadas acerca de Rocco antes, y se había equivocado. No tenía intención de cometer otra vez el mismo error. Sobre todo por las palabras de una mujer despechada porque lo suyo con Rocco no hubiera funcionado.

Confiaba en Rocco. Aquella revelación le hizo sentir algo cálido en el pecho. Después de la traición de Jack había pensado que nunca podría volver a confiar en nadie, pero Rocco siempre había sido sincero con ella. Incluso al reconocer abiertamente que no quería una relación seria.

–Los rumores raras veces resultan ser más que men-

tiras malintencionadas –le espetó a Shayna con frialdad–. Yo desde luego no me lo creo –pensó en la paciencia que tenía con su hija. Estaba segura de que si
Rocco tuviera un hijo sería un buen padre–. Es un hombre honorable.

La modelo enarcó sus finas cejas.

–¿No me digas que te has enamorado de él? –le dijo
burlona–. Bueno, no digas que no te lo advertí.

La cena terminó poco después y Emma se sintió tremendamente aliviada cuando Rocco se reunió con ella
y salieron de allí tras despedirse de su abuelo.

Las dudas eran como las malas hierbas, pensó mientras Rocco ponía el coche en marcha; al principio son
solo pequeñas semillas, pero acababan invadiéndolo
todo.

–Has venido todo el camino muy callada, *cara* –comentó Rocco cuando llegaron a Villa Lucia y se bajaron
del coche–. ¿Te pasa algo?

–No –se apresuró a negar Emma–. Solo estaba pensando en... cosas.

El corazón le golpeaba con fuerza las costillas. Durante su matrimonio nunca había pedido explicaciones a
Jack en las muchas ocasiones en que había llegado tarde
a casa después del trabajo. Había tenido demasiado
miedo de saber la verdad y había acallado sus sospechas.
Ahora, al echar la vista atrás, lamentaba su falta de valor.
Tenía que encarar los problemas de frente, se dijo.

Por eso, cuando Rocco la atrajo hacia sí, sabiendo
que si la besaba ya no sería capaz de hacer lo que tenía
que hacer, le puso las manos en el pecho para detenerlo
y le preguntó:

–¿Tienes algún hijo?

Rocco dio un respingo y frunció el ceño.

–¡*Dio!*, ¿qué clase de pregunta es esa? –le espetó
con aspereza–. Por supuesto que no.

—Bueno, pero tú mismo me has reconocido que has estado con muchas mujeres —insistió ella a pesar de todo—. ¿No es posible que alguna se quedara embarazada?

—No, no lo es —respondió él cortante—. Siempre tomo precauciones; no hay ni la más mínima posibilidad. ¿Qué clase de hombre crees que soy? —soltó una risa amarga—. Pensándolo mejor, no me contestes. La experiencia me dice que tu respuesta no será muy halagadora.

Parecía dolido, pensó Emma sintiéndose mal. Su sorpresa y lo ofendido que se había mostrado la convenció de que había cometido un error al dar credibilidad a las palabras de Shayna. Se mordió el labio y murmuró bajando la cabeza:

—Perdona; era solo un pensamiento estúpido que ha cruzado por mi mente.

Rocco se quedó mirándola.

—Si hubiera dejado embarazada a una mujer ahora no estaría contigo; estaría casado con la madre de ese niño.

Emma alzó la vista hacia él sorprendida.

—Pensaba que no creías en el matrimonio.

—El ejemplo de mis padres no era el mejor desde luego, pero los niños deben ser siempre la prioridad. Y puede que esté un poco anticuado, pero creo que tienen que crecer en una familia con un padre y una madre. Aunque mis padres discutían a menudo por lo menos éramos una familia. De hecho, cuando se separaron, lo que yo quería era que volviesen a estar juntos.

Se hizo un silencio tenso entre ambos y Emma, segura de que lo había enfadado, volvió a agachar la cabeza de nuevo.

—Deja que te haga una pregunta —dijo él de repente—. ¿Por qué no quieres hablar nunca de Jack? Sé que lo amabas –continuó antes de que ella pudiera contestar–, pero han pasado tres años y no puedes seguir reprimiendo tus emociones.

–¿Qué sabrás tú de emociones? –le espetó ella molesta–. Cambias de amante como quien se cambia de camisa, y desde el principio me dejaste bien claro que lo nuestro sería una relación puramente física en la que las emociones no tendrían parte alguna.

–Sí, es verdad –asintió él muy serio. Alargó la mano para remeterle un mechón por detrás de la oreja y la miró a los ojos–. Pero ahora ya no pienso igual. Has desbaratado las reglas por las que regía mi vida; he descubierto que quiero tener una relación de verdad contigo, Emma –le dijo suavemente, con una sonrisa algo triste cuando ella se quedó anonadada por su revelación.

Emma aspiró por la boca y trató desesperadamente de calmar los latidos de su corazón desbocado, pero la mirada en los ojos de Rocco, una mezcla de ternura y de pasión, no le dejaba pensar con claridad.

–¿Qué clase de relación? –inquirió cautelosa.

–Quiero que nos conozcamos mejor, que compartamos nuestros pensamientos... y nuestros sentimientos. Sé que también debemos pensar en Holly, y por eso quiero que vayamos despacio, pero te quiero en mi vida, *cara* –la atrajo hacia sí–. ¿Tanto te cuesta confiar en mí? –le preguntó lleno de frustración al ver que ella no decía nada–. Te juro que no quiero hacerte daño. Estoy preparado para intentarlo, pero necesito que des el primer paso conmigo –murmuró–. ¿Querrás hacerlo, Emma?

Su rostro estaba tan cerca del suyo que podía notar su cálido aliento en los labios. Se estremeció, ansiosa porque volviera a besarla, a seducirla una vez más. ¿Qué debía hacer? Esa noche, durante la cena, había decidido que no iba a creer las acusaciones de Shayna, que iba a confiar en él, y se había sentido bien de haber arrojado a un lado las cadenas del pasado. ¿Por qué no intentarlo?

–Sí –susurró, y respondió afanosa cuando él la besó.

Capítulo 10

L A LUZ del sol despertó a Emma de un profundo sueño. Se estiró, y sonrió cuando un brazo musculoso le apretó la cintura. En ese relajado estado a medio camino entre el sueño y la vigilia se sintió segura, y sus labios se curvaron en una nueva sonrisa cuando abrió los ojos y se encontró con los ojos dorados de Rocco.

–*Buongiorno, cara* –murmuró antes de besarla suavemente en los labios.

–¿Estabas observándome mientras dormía? –inquirió ella.

–Me encanta este momento del día: despertarme contigo entre mis brazos –le dijo Rocco muy solemne. Sus dedos trazaron la curva de uno de los senos de Emma, y sintió que se excitaba cuando el pezón se endureció con sus caricias–. Claro que hay muchos otros momentos especiales en el día –murmuró.

A Emma se le cortó el aliento cuando Rocco bajó la cabeza y sus labios reemplazaron a su mano, haciendo que un calor húmedo aflorara entre sus piernas. Luego descendió hacia su estómago y aún más abajo, para estimular su clítoris con la lengua.

Rocco continuó lamiéndola lenta y sensualmente durante un buen rato, haciéndola gemir de placer, para finalmente colocarse entre sus muslos y penetrarla con exquisita delicadeza. Sus ojos buscaron los de ella, y no dejó de mirarla mientras empujaba las caderas hasta que la llevó a un orgasmo increíble y se quedaron acurrucados el uno en brazos del otro.

–Ya sé por qué sonríes –murmuró Rocco. Nunca había estado tan bonita como en aquel instante, con el dorado cabello enmarcándole el rostro y las mejillas sonrosadas–: porque Holly vuelve hoy, ¿verdad?

–Sí –respondió ella. Se sentía inmensamente feliz. Había pasado una semana maravillosa con Rocco, llena de risas y de pasión, pero había echado de menos a su pequeña y estaba deseando abrazarla–. Peter y Alison toman hoy un vuelo de regreso a Inglaterra, así que he quedado con ellos en Génova para recoger a Holly a la hora del almuerzo –incapaz de resistirse, le acarició la mejilla. Estaba guapísimo nada más despertarse–. Si quieres unirte a nosotros para comer estás invitado.

Rocco vaciló, pensando en el mensaje que había recibido en el móvil de su hermano momentos antes de que Emma se despertara: «¿Vendrás a recogerme hoy después del colegio?».

Era la primera vez que Marco se había puesto en contacto con él, y como intuía la inseguridad que debía haber experimentado el chico al enviarle ese mensaje, le había respondido de inmediato: «Pues claro». El chico por fin estaba empezando a confiar en él y no podía defraudarlo.

–Me encantaría, pero tengo una cita importante esta tarde. Dile a Holly que la veré esta noche, cuando vuelva del trabajo –miró su reloj y apartó las sábanas–. Y hablando de trabajo, mi pequeña Matahari, tengo que ponerme en marcha; el viernes siempre es un día muy ajetreado.

Se dirigió al cuarto de baño, y momentos después Emma oía el ruido de la ducha. Aunque la había decepcionado que no pudiera almorzar con ellos, sabía que como director de una compañía sin duda no podría reorganizar su agenda así como así.

Sin embargo, de pronto volvió a su mente el rumor que le había contado Shayna sobre el supuesto hijo de Rocco que vivía en Génova con su madre, y que él los visitaba cada viernes.

Tonterías, se dijo con firmeza. Shayna era un mal bicho y estaba segura de que solo le había contado eso para indisponerla con Rocco por celos. Rocco siempre había sido sincero con ella, y estaba dispuesta a confiar en él. Sí, había sido un playboy hasta ese momento, pero le había dicho que quería tener una relación de verdad con ella. Además, Rocco no era Jack.

–¿Nos hemos perdido, mami?

Emma miró por encima del hombro a Holly, que iba en la parte de atrás del coche sentada en su sillita, y sonrió, haciendo un esfuerzo por parecer tranquila.

–No te preocupes, cariño, he parado un momento para poder mirar el mapa.

El trayecto de Portofino a Génova no le había dado mucho problema, y al dejar la carretera de la costa y entrar en la ciudad había encontrado pronto el restaurante donde había quedado en reunirse con sus suegros, pero salir de la ciudad, sin embargo, le estaba resultando más difícil. Como era viernes por la tarde había más tráfico, y no llevaba mal lo de conducir por la derecha cuando en Inglaterra se conducía por la izquierda, pero después de pasar una rotonda había tomado la salida equivocada y había acabado en un laberinto de callejuelas.

Nunca se le había dado bien leer mapas, admitió para sus adentros con un suspiro. Se sentía tentada de pedirle ayuda a alguien, pero había poca gente por allí, y como no hablaba italiano se temía que le resultaría difícil entenderse.

–Mami, tengo calor.

Normal: con el motor apagado no podía tener puesto el aire acondicionado. Se frotó la sien, notando el principio de un dolor de cabeza.

–Aguanta un poquito –la tranquilizó–, nos pondremos en marcha enseguida.

Al final de la calle apareció una pareja que acompañaba a un niño subido en una bicicleta. Con suerte tal vez hablaran inglés, se dijo desabrochándose el cinturón de seguridad mientras se acercaban.

Eran una pareja que llamaba la atención: los dos altos, él de pelo negro y porte atlético, ella esbelta y elegante con una larga melena rubio platino que sugería que no era italiana.

Había algo en aquel hombre, sus movimientos felinos y el aire de absoluta confianza en sí mismo, que le resultaba curiosamente familiar. Emma frunció el ceño y miró al niño, un chico de unos siete u ocho años, y se le paró el corazón. El cabello negro no era inusual en un italiano, pero sus rasgos, de una simetría casi perfecta, lo hacían extraordinariamente parecido a Rocco.

«No seas ridícula», se dijo, irritada por dejar que la sombra de las palabras de Shayna Manzzini planease aún sobre ella. No se creía lo que le había contado. Sin embargo, no podía apartar la vista del chico. Estaba ya muy cerca de donde ella había aparcado, y en ese momento vio que sus ojos eran de un inusual color ambarino.

El estómago le dio un vuelco. Era como si se hubiese tornado en piedra y no pudiese moverse, solo mirar al chico, que se bajó de la bicicleta, la apoyó con cuidado contra la pared de un edificio, y corrió hacia el hombre, que estaba acercándose con la mujer. El hombre levantó al muchacho, muy alto, y los dos rieron mientras la hermosa rubia los miraba y sonreía.

–¿Nos vamos ya, mami?

–Sí, cariño, ahora mismo.

Emma volvió a abrocharse el cinturón con manos temblorosas. No quería ni pensar que Holly pudiera ver a Rocco, o que él mirase en aquella dirección y las viera a ellas.

¡Y pensar que había confiado en él! ¿Acaso no había aprendido nada después de que Jack traicionara la fe ciega que tenía en él? ¿Cómo podía ser tan idiota para cometer el mismo error dos veces?

Puso en marcha el motor, y el ruido atrajo la atención de Rocco, la mujer y el niño. Como un animal asustado por los faros de un coche, no podía apartar los ojos de Rocco. Él también se quedó como paralizado un instante, sorprendido de verla allí, y frunció el ceño. Dio un paso, pero Emma se obligó a salir de su estupor y dio marcha atrás para salir por otra calle. Tenía que alejarse de allí, de él.

Horas después Rocco se dirigía de regreso a Villa Lucia, impaciente por hablar con Emma. Imaginaba que debía haberle sorprendido verlo en Génova, pero lo tenía algo preocupado lo tensa que la había visto, y no entendía por qué había salido corriendo de esa manera.

Estaba siendo un día muy intenso. Por fin parecía haberse ganado a Marco con la bicicleta que le había regalado, y lo había embargado la emoción cuando su hermano lo había abrazado. Era la primera vez que lo hacía. Aquello había reavivado dolorosos recuerdos de Gio, pero también había reforzado su determinación de ser una figura paterna para el chico.

Además, con el permiso de Marco, que ya había decidido que quería conocerlo, había ido a ver a su abuelo para revelarle que tenía otro nieto, y este se había tomado la noticia mucho mejor de lo que había esperado. En un primer momento había sido un shock para él, naturalmente, y lo había disgustado que Enrico le hubiese ocultado aquello durante siete años, pero estaba deseando conocer al pequeño, y se había mostrado de acuerdo con él en que debería heredar una parte de la compañía.

Y ahora por fin podría contárselo también a Emma y abrirle su corazón. Estaba hecho un manojo de nervios, pero también esperanzado de que Emma quisiera compartir el futuro que soñaba.

Al llegar lo extrañó ver aparcado un taxi frente a la casa. Detuvo el coche a unos pocos metros, y justo en ese momento Emma bajó la escalinata de la entrada con una maleta en la mano. Se paró en seco al verlo, y aun en la distancia Rocco pudo ver lo tensa que se puso antes de apartar la vista y volverse hacia el taxi para meter la maleta en el maletero.

–¿Qué estás haciendo? –le preguntó Rocco bajándose del coche.

Cuando se acercó vio que Holly estaba dentro del taxi, y lo invadió un mal presentimiento.

–Me marcho.

–Eso ya me lo he imaginado, ¿pero por qué? Te contraté por tres meses.

–Tu abuela se ha repuesto por completo de la operación y hay personas aquí que pueden cuidar de ella; ya no me necesita –contestó ella, esforzándose para que su voz no delatara que estaba temblando por dentro.

El destino tenía un cruel sentido del humor, pensó con amargura. Si Rocco hubiera llegado cinco minutos más tarde ya se habrían marchado y se habría ahorrado aquella confrontación.

Rocco comprendió de inmediato que allí algo iba mal, muy mal.

–*Cara...* –la llamó dando un paso hacia ella con la mano extendida.

–¡No! –masculló ella entre dientes, retrocediendo–. No te acerques a mí.

–*¡Madre de Dio!* ¿Se puede saber qué te pasa, Emma?

Al ver que iba a subirse al taxi la agarró por el brazo para retenerla y la notó estremecerse.

–¿Cómo puedes preguntarme eso? –le espetó ella bajando la voz por temor a que Holly los oyera–. Te he visto hoy... con tu hijo.

Rocco sintió algo pesado y frío como un trozo de plomo en el estómago, y aturdido como estaba, cuando Emma soltó su brazo no trató de retenerla.

–¿Mi hijo?

–El niño con el que estabas; no intentes negarlo –le dijo Emma irritada–. Shayna me dijo que se rumoreaba que habías dejado embarazada a una de tus amantes y que los visitabas al chico y a ella todos los viernes.

En las últimas horas no había dejado de darle vueltas, y todo encajaba. Rocco sabía que su abuelo no le cedería el control de la compañía a menos que se casara con una italiana, y por eso había mantenido en secreto que había tenido un hijo con aquella extranjera de aspecto nórdico. ¿Qué otra explicación podría haber?

–Y naturalmente la creíste...

El peligroso brillo en los ojos de Rocco hizo que un escalofrío le recorriera la espalda.

–A pesar de que sabías que no es más que una mujer resentida –añadió él con sarcasmo.

Dolida por su gélido desdén, Emma le espetó:

–No la creí cuando me lo dijo en la cena de tu abuelo; confiaba en ti. Pero me mentiste –alzó la mano para cortar a Rocco cuando iba a decir algo–. Dejaste que creyera que no podías almorzar con nosotros porque tenías una cita de trabajo. No puedes seguir mintiendo; ese chico es tu viva imagen.

–Igual que lo era Gio –respondió él con aspereza.

Emma frunció el ceño.

–¿Qué tiene que ver eso?

–Piénsalo.

Emma sacudió la cabeza.

–No quiero pensar en nada; lo único que quiero es marcharme.

Tenía que irse antes de que las lágrimas que le quemaban los ojos rodasen por sus mejillas delante de él.

Solo le llevaría unos minutos explicarle lo de Marco, pensó Rocco, pero no estaba seguro de si Emma lo creería o no, se dijo, sintiendo que la ira se apoderaba de él. Si tuviera la más mínima confianza en él no tendría por qué explicarse. Su predisposición a creer a alguien como Shayna era la prueba de que nunca había confiado en él.

Cuando Emma le dio la espalda y abrió la puerta del taxi sintió como si le atravesaran el corazón con un puñal.

–¿Vas a marcharte a pesar de lo que hay entre nosotros?

Aquello era una locura, pensó Rocco. Al diablo con su orgullo. Se lo explicaría todo, y así quizá dejaría de mirarlo como si lo detestase.

El tono de Rocco hizo a Emma vacilar. Parecía como si le importara, como si no quisiese que se marchara, pero quizá sus oídos estuvieran engañándola y solo estuviese oyendo lo que quería oír. Rocco le había mentido, igual que Jack durante todo el tiempo que habían estado casados.

–¿Qué hay entre nosotros aparte de sexo? –le espetó.

No podía soportar pensar siquiera en ese momento

en todas las otras cosas que habían compartido: las risas, las largas conversaciones, las confidencias... Pero era evidente que todo aquello había significado más para ella que para él. Había traicionado su confianza, y no iba a dejarle ver que le había roto el corazón.

–Ya no hay nada que me retenga aquí.

–Entonces vete –le espetó él apartándose para que pudiera subirse al taxi.

No podía obligarla a confiar en él, y no iba a suplicar. ¿Qué sentido tendría?, se preguntó con amargura. En el fondo sabía que su corazón siempre pertenecería a su marido, que llevaba muerto tres años.

Su orgullo herido y el dolor que lo estaba desgarrando por dentro hizo que su voz sonara áspera cuando habló de nuevo.

–Si te marchas, Emma, no iré detrás de ti. Si decides poner fin a nuestra relación en este momento no te daré una segunda oportunidad.

La primavera había llegado por fin a Northumbria, y el jardín de Primrose Cottage estaba lleno de amarillos narcisos que agitaba la brisa. Un día perfecto para la excursión que iban a hacer los niños de la guardería a una granja cercana para ver los corderos recién nacidos, pensó Emma, recordando el entusiasmo de Holly aquella mañana.

La pequeña se había hecho pronto a estar otra vez en Little Copton, y aunque había mencionado unas pocas veces a Rocco y a Cordelia se había mostrado encantada de ver a sus amiguitos de la guardería otra vez.

Y por lo menos de momento no tenía que preocuparse por encontrar otro sitio donde vivir. La pareja que iba a comprar la cabaña se había echado atrás en el último momento, y el casero le había dicho que podía quedarse hasta que apareciera otro posible comprador. Y con suerte pasarían unos cuantos meses antes de que eso ocurriera, se dijo mientras continuaba arrancando las malas hierbas de los arriates.

La semana próxima volvería al trabajo, pero hasta entonces estaba tratando de mantenerse ocupada para no pensar. No había dejado de ver en sus sueños el rostro furioso de Rocco cuando se había subido al taxi y le había dicho al taxista que las llevase al aeropuerto de Génova, ni de recordar una y otra vez sus últimas palabras.

«No te daré otra oportunidad»... ¿Quién querría otra oportunidad de un mentiroso?, se dijo irritada. Durante el viaje de regreso a Inglaterra se había repetido que había hecho lo correcto. Llevaban allí cinco días, y aunque durante el día había conseguido dejar de pensar en él manteniéndose atareada, cuando llegaba la noche y estaba sola en la cama era distinto. Las largas horas de oscuridad se le hacían interminables, reconoció para sus adentros mientras arrancaba unos dientes de león con el rastrillo, arrodillada en el césped.

Lo echaba tanto de menos que el dolor que se había instalado en su corazón se negaba a abandonarla, igual que las obstinadas yerbas que volvían a reaparecer en su jardín.

Quizá hubiera otra explicación a lo de aquel niño que tanto se parecía a Rocco. Le recordaba a otra persona, y después de haber estado dándole vueltas durante días se había dado cuenta de que se parecía muchísimo a Giovanni, el hermano que Rocco había perdido hacía veinte años.

¿Y qué?, se preguntó cansada. Eso no significaba nada. Era normal que el hijo de Rocco se pareciese también a su hermano. Era algo que estaba en los genes. Era innegable que Rocco tenía secretos que no le había contado. La había engañado y la había hecho sentirse como una idiota.

Dos lágrimas rodaron por sus mejillas y fueron a caer a sus vaqueros. Ni siquiera después de morir Jack se había sentido tan mal como se sentía en esos momentos, como si alguien estuviese aserrándole el corazón.

Cuando oyó el chirrido de la puerta de la verja se apresuró a secarse las lágrimas con la manga. Los chismes corrían como la pólvora en un pueblo pequeño como aquel, y el cartero sentiría curiosidad si la veía llorando.

Sin embargo, en vez del alegre «buenos días» del cartero solo hubo silencio. Hasta el mirlo que había estado cantando en una rama del manzano se quedó callado. Con el vello de la nuca erizado Emma se puso de pie, se volvió, y le pareció que el suelo se movía como la cubierta de un barco en una tormenta.

No lograba articular palabra, y cuando por fin habló, su voz sonó ronca.

–¿Por qué has venido?

Su némesis, el dueño de su alma, esbozó una sonrisa triste.

Rocco se había preparado todo un discurso, pero al ver el rostro de Emma húmedo por las lágrimas y lo desdichada que parecía se le olvidó lo que iba a decir, y le respondió simplemente con la verdad.

–He venido porque me he dado cuenta de que no puedo vivir sin ti, *cara*.

Emma cerró los ojos, como si quisiera que desapareciera, pero no pensaba ir a ninguna parte. Avanzó hacia ella pensando en las noches de pesadilla que había pasado antes de reconocer que el orgullo no era un buen compañero de cama.

Se detuvo frente a ella y le dijo:

–Marco, el niño con el que me viste, es mi herma-

nastro, hijo ilegítimo de mi padre. Sus tres hijos here-
damos su inusual color de ojos.

Emma se quedó mirándolo boquiabierta, y un sentimiento de culpa la invadió. ¡Su hermanastro! Por eso
Rocco le había dicho que el niño se parecía a Gio...

Una vez más había vuelto a juzgarlo injustamente.

—Mi padre abandonó a su amante sueca cuando supo
que estaba embarazada, y no tuvo contacto alguno con
Marco hasta que en su lecho de muerte me pidió que lo
buscara —le explicó Rocco en un tono quedo—. No podía
decirle nada a mi abuelo porque aún estaba frágil tras
la operación de corazón a la que se había sometido. Está
muy orgulloso de nuestro apellido, y temía el shock que
supondría para él enterarse del reprobable comporta-
miento de su hijo. Llevo meses intentando acercarme a
Marco y ganarme su confianza. Quería hablarte de él,
pero le había prometido que no le revelaría su identidad
a nadie hasta que se sintiese preparado.

Emma se quedó mirando su apuesto rostro con el corazón encogido. Parecía agotado, como si, igual que ella,
no hubiese comido o dormido apenas desde su partida.

Se mordió el labio.

—Al principio me negué a creer lo que Shayna me
contó. Le dije que eras un hombre honorable, y lo dije porque estaba convencida de ello —añadió cuando él la miró
con tristeza—. Confiaba en ti, y eso para mí fue un paso
muy grande que pensaba que no daría jamás. Cuando te vi
con esa mujer y con el chico me quedé destrozada —nuevas
lágrimas afloraron a sus ojos, pero se obligó a continuar.
Rocco merecía saber la verdad—. Me sentí como cuando
me enteré de que Jack...

Los celos corroyeron las entrañas de Rocco.

—Comprendo cuánto lo amabas —la interrumpió—, y
que aún lo ames. Imagino lo duro que debió ser para ti
cuando te dijeron que había muerto.

–Lo fue –respondió ella lentamente–, pero fue aún peor porque solo unas horas antes había descubierto que me había sido infiel durante el tiempo que habíamos estado casados.

Rocco dio un respingo.

–¿Lo supiste por alguien?

–Por su amante –Emma dejó escapar una risa amarga–. Kelly era una de la larga lista de mujeres con las que me era infiel, pero también era mi amiga, lo que hizo que fuera aún peor. Me dijo que me lo contaba por lealtad hacia mí. También me dijo que Jack estaba planeando abandonarnos a mí y a nuestra hija, que aún no había nacido, para irse a vivir con ella. Según parece le había dicho que ella era la única mujer a la que podría amar, pero me dijo lo mismo a mí cuando me pidió que nos casáramos.

–Creía que había sido el matrimonio perfecto –murmuró él.

Emma volvió a reír con amargura.

–Yo también. El descubrir que me había sido infiel hizo añicos la fantasía que había estado viviendo de que eramos felices, pero nunca tuve la oportunidad de preguntarle por qué me había traicionado. Ahora pienso que no me quiso nunca; solo se amaba a sí mismo. Después de su muerte me di cuenta de que probablemente yo, ingenua como era, tampoco me había enamorado de él, sino de la idea del amor en sí. Era guapo, y encantador, y me sentía tan halagada de que me hubiera escogido como esposa que pasaba por alto todos sus defectos.

–¡*Dio!* –exclamó Rocco, entre enfadado e incrédulo–. ¡Y todo este tiempo yo creyendo que no podías olvidarlo! Y tú dejaste que lo creyera –añadió en un tono acusador–. ¿Por qué, Emma? –quiso saber–. ¿Fue para apartarme de ti?

Emma no sabía hacia dónde iba aquella conversación, pero después de haberlo juzgado tan injustamente se merecía que fuera sincera con él.

–Los padres de Jack se quedaron destrozados cuando murió. Estaban orgullosos de él, y no podía hacerles más daño. Le enseñan a Holly fotos de él, hablándole de lo valiente y lo bueno que era. Por ellos y por mi hija siempre mantendré esa mentira de que era el marido perfecto –bajó la vista al césped–. Además, me sentía más segura haciéndote creer que aún lo amaba –admitió en voz baja–. Eras un playboy, y estaba decidida a mantenerme apartada de ti.

–Sí, ya me di cuenta de eso –respondió Rocco con aspereza–. Nunca había conocido a una mujer tan desconfiada. Y reconozco que tenías buenas razones. Al fin y al cabo en un principio mi única intención era llevarte a mi cama. Estaba seguro de que no quería ataduras. ¿Por qué iba a quererlas cuando el matrimonio de mis padres había sido un desastre? Para mí el sexo solo era un juego, y no es difícil encontrar a mujeres dispuestas a compartir tu cama cuando tienes dinero –añadió sarcástico.

–Yo nunca quise tu dinero –se apresuró a asegurarle ella.

Detestaría que la metiese en el mismo saco que mujeres como Shayna.

Rocco se rio suavemente y le apartó un mechón del rostro.

–Lo sé. Eres distinta a todas las mujeres que he conocido hasta ahora. Compasiva, cariñosa, independiente, sensual... ¿Acaso te sorprende que no pudiera dejar de pensar en ti, *mia bella*?

Se le cortó el aliento cuando Rocco trazó el contorno de sus labios con el pulgar, y el corazón le palpitó con fuerza cuando inclinó la cabeza y le susurró:

–Todavía te deseo, Emma. He perdido el sueño, el apetito... no puedo vivir sin ti. Vuelve a Portofino conmigo. Sé que tú también me deseas. Puedo verlo en tus ojos, y también me lo dice tu cuerpo –murmuró cerrando la mano sobre uno de sus senos. Una sonrisa afloró a sus labios cuando el pezón se endureció–. Puedo hacerte feliz, y a Holly le encantaría vivir en Villa Lucia.

Emma se estremeció por dentro.

–No puedo –se apartó de él, luchando para no sucumbir a su voz de terciopelo.

Sería tan fácil decirle que sí... Pero tenía que pensar en Holly.

Rocco palideció. No había pensado que pudiera rechazarlo, y se sintió como si estuviera balanceándose al borde del más negro abismo.

–¿Por qué no? –inquirió, lleno de frustración–. Me has dicho que ya no amas a Jack. ¿Acaso hay alguien más?

–No. No hay nadie más. Pero no puedo ser tu amante, Rocco. No sería justo para Holly. Necesita estabilidad, y no podría soportar que llegase a considerar Villa Lucia su hogar para que luego se le partiese el corazón cuando te canses de lo nuestro, como los dos sabemos que ocurrirá. Tú mismo has dicho que no quieres ataduras.

–He dicho que no las quería –replicó él asiéndola por los hombros–. ¿Es que no has oído una palabra de lo que te he dicho? Te quiero, Emma. No quiero que seas mi amante; quiero que seas mi esposa.

Emma abrió la boca, pero no podía hablar, y Rocco aprovechó para tomar sus labios con un beso apasionado. Emma le respondió afanosa, incapaz de contenerse o de negar las emociones que se agitaban dentro de ella.

–Tesoro... –murmuró Rocco cuando levantó la cabeza–. *Ti amo*. Siempre te querré. Nunca imaginé que pudiera llegar a sentir algo así –admitió–. Creo que me enamoré de ti la noche que nos conocimos, cuando me di cuenta de que llevabas puesto ese horrible gorro por no herir los sentimientos de mi abuela. Sé que te han hecho daño, pero yo no soy Jack, y te juro que te amaré y te seré fiel hasta el día en que muera.

Los fríos dedos del miedo estrujaron su corazón cuando vio incertidumbre en los ojos de Emma.

–Sé que puedo ser un buen marido, y un buen padre para Holly. Puedo enseñarte a amarme si me das una oportunidad –le suplicó.

Emma puso una mano en sus labios para interrumpirlo.

–Pero es que ya te quiero –repuso con ternura–. No podría haber hecho el amor contigo si no hubiese sentido nada por ti –vaciló un instante–. Pero tu abuelo me dijo que solo te cederá el control de Eleganza si te casas con una mujer italiana, y sé lo mucho que la compañía significa para ti...

–No significa nada comparado con lo que siento por ti –le dijo Rocco apasionadamente, sintiendo un profundo alivio de saber que ella también lo amaba–. Eres mi mundo, Emma, que mi abuelo haga lo que quiera con la compañía. Aunque estoy seguro de que se alegrará cuando sepa con quién he decidido compartir mi vida. Sobre todo teniendo en cuenta que tendrá una bisnieta preciosa... y espero que muchos bisnietos más muy pronto.

Emma sintió que el corazón iba a estallarle de dicha. Se sentía como si hubiera hecho un largo viaje y al fin hubiese llegado a su hogar, segura entre los brazos del hombre al que amaba.

–¿Y cuándo piensas que le demos esos bisnietos a

Silvio? –inquirió mientras Rocco la alzaba en volandas para llevarla dentro de la cabaña.

Los ojos dorados de Rocco brillaron como los de un tigre.

–Creo que deberíamos empezar ya mismo, *cara* –el corazón la palpitó con fuerza al mirarla a los ojos–. Te quiero.

Emma sonrió.

–Y yo a ti. Y como parece que estamos de acuerdo en todo, creo que este va a ser un matrimonio muy feliz.

Bianca

Era una tentación imposible...

Su propia hermana le había robado a su prometido. Como resultado de esto, Cherry Gibbs estaba perdida en Italia, con su coche de alquiler parado en medio de una carretera secundaria. Se estaba preguntando qué más podía salirle mal cuando, al levantar la vista, se encontró con la penetrante mirada de Vittorio Carella.

A pesar de que él tenía todo lo que ella se había jurado evitar, Cherry aceptó pasar la noche en su casa. Muy pronto, se vio seducida por las hábiles caricias de Vittorio. Sin embargo, aquello no podía ser real. Vittorio podría elegir cualquier mujer de la élite social de Italia. Entonces, ¿por qué se había fijado precisamente en ella?

Bodas en Italia

Helen Brooks

¡YA EN TU PUNTO DE VENTA!

Acepte 2 de nuestras mejores novelas de amor GRATIS

¡Y reciba un regalo sorpresa!

Oferta especial de tiempo limitado

Rellene el cupón y envíelo a
Harlequin Reader Service®
3010 Walden Ave.
P.O. Box 1867
Buffalo, N.Y. 14240-1867

¡Sí! Por favor, envíenme 2 novelas de amor de Harlequin (1 Bianca® y 1 Deseo®) gratis, más el regalo sorpresa. Luego remítanme 4 novelas nuevas todos los meses, las cuales recibiré mucho antes de que aparezcan en librerías, y factúrenme al bajo precio de $3,24 cada una, más $0,25 por envío e impuesto de ventas, si corresponde*. Este es el precio total, y es un ahorro de casi el 20% sobre el precio de portada. !Una oferta excelente! Entiendo que el hecho de aceptar estos libros y el regalo no me obliga en forma alguna a la compra de libros adicionales. Y también que puedo devolver cualquier envío y cancelar en cualquier momento. Aún si decido no comprar ningún otro libro de Harlequin, los 2 libros gratis y el regalo sorpresa son míos para siempre.

416 LBN DU7N

Nombre y apellido	(Por favor, letra de molde)

Dirección	Apartamento No.

Ciudad	Estado	Zona postal

Esta oferta se limita a un pedido por hogar y no está disponible para los subscriptores actuales de Deseo® y Bianca®.
*Los términos y precios quedan sujetos a cambios sin aviso previo.
Impuestos de ventas aplican en N.Y.

SPN-03   ©2003 Harlequin Enterprises Limited

Deseo™

La seducción del jeque
OLIVIA GATES

Al príncipe Fareed Aal Zaafer lo movía un solo propósito: encontrar a la familia de su difunto hermano. Cuando apareció Gwen McNeal pidiendo su ayuda, Fareed se sintió aliviado porque no fuera la mujer que buscaba, ya que deseaba reclamarla para él. Fareed era la última esperanza de Gwen, y también la más peligrosa. No solo la atraía irremediablemente, sino que se la llevó, a ella y a su bebé, a su reino, el último lugar en el que debería estar. Tendría que ocultar la verdad y negar a cualquier precio el deseo que había entre ellos. Porque, si no lo conseguía, el resultado sería desastroso.

Deseando lo prohibido

¡YA EN TU PUNTO DE VENTA!

Bianca.

¿Iba a arriesgar cuanto tenía por una noche en su cama?

Khalis Tannous había pasado años erradicando cualquier atisbo de corrupción y escándalo de su vida, incluso había dado de lado a su familia.

Cuando Grace Turner llegó a la isla mediterránea privada de Khalis para tasar la valiosa colección de arte de su familia, él no pudo sino admirar su belleza. Sin embargo, vio en sus ojos que ella también tenía secretos. Grace conocía el coste que tendría rendirse a la tentación, pero fue incapaz de resistirse a la experta seducción de Khalis.

El más oscuro de los secretos

Kate Hewitt